这是一些语言和心灵的钻石
在时光的沉淀和洗礼中
变得更加璀璨夺目
阅读吧
让它们闪耀在你的精神世界

新课标经典名著

水孩子

（英）金斯莱（Kingsley,C.）著
顾爱华 改写

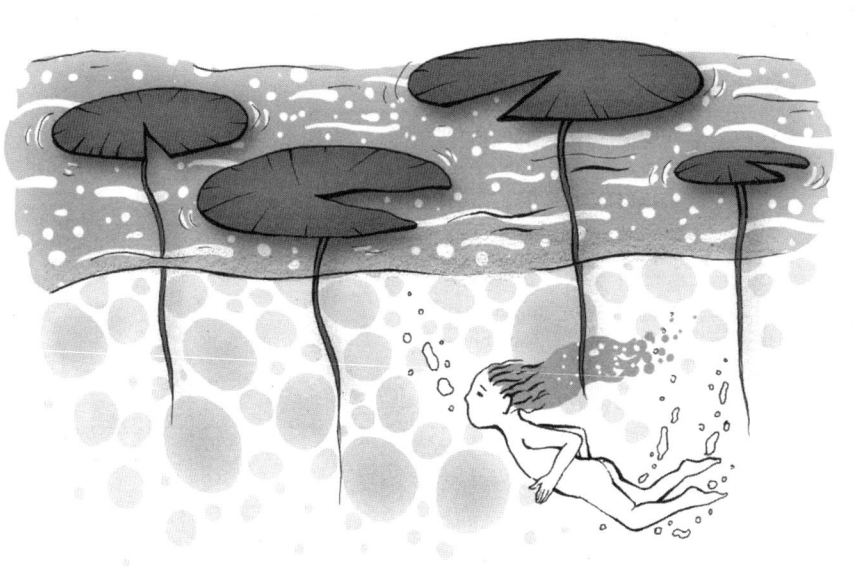

南京大学出版社

图书在版编目(**CIP**)数据

水孩子 /（英）金斯莱（Kingsley,C.）著；顾爱华改写.—南京：南京大学出版社,2014.1（2020.4重印）
（新课标经典名著：学生版）
ISBN 978－7－305－12299－6

Ⅰ.①水… Ⅱ.①金… ②顾… Ⅲ.①童话－英国－近代－缩写 Ⅳ.①I561.88

中国版本图书馆 CIP 数据核字（2013）第 247653 号

出版发行　南京大学出版社
社　　址　南京市汉口路 22 号　　　邮　编 210093
出 版 人　金鑫荣

丛 书 名　新课标经典名著·学生版
书　　名　水孩子
著　　者　（英）金斯莱（Kingsley,C.）
改　　写　顾爱华
责任编辑　蔡冬青

印　　刷　天津中印联印务有限公司
开　　本　880×1230　1/32　印张 7.125　字数 128 千
版　　次　2014 年 1 月第 1 版　2020 年 4 月第 5 次印刷
ISBN　978－7－305－12299－6
定　　价　15.00 元

网　　址：http://www.njupco.com
官方微博：http://weibo.com/njupco
官方微信：njupress
销售咨询：(025)83594376

＊版权所有，侵权必究
＊凡购买南大版图书，如有印装质量问题，请与所购
　图书销售部门联系调换

目录
CONTENTS

001　第一章
032　第二章
054　第三章
082　第四章
104　第五章
128　第六章
151　第七章
180　第八章
217　道德教训

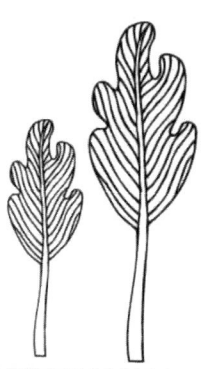

第一章

从前有个扫烟囱的小孩,他叫汤姆。这个名字很短,也很常见,你一定知道这个名字,所以你很容易就能记住它。

汤姆住在英国北部的一个大城市里。城里有很多的烟囱,需要经常打扫。这样汤姆就有很多机会可以赚钱,汤姆的师傅也就有了很多的钱可以用。汤姆既不会读书,也不会写字,他自己也从没想过要读书写字。他甚至连脸都不洗,因为他住的院子里压根儿就没有水。也没有人教他做祷告。

一天当中,他有时候哭,有时候笑。当他不得已要爬进黑暗的烟囱,把他的膝盖和臂肘磨破了时,他就会哭;如果煤灰掉进了眼睛里,他也要哭。这种事情可不是偶尔发生,而是天天都有的。他的师傅打他时,他当然也会哭,这也是天天都会发生的。他吃不饱饭时也哭,这也是每天都有的事。

可一天里也不全是不幸的事,跟别的孩子一起玩耍的时光就很快乐。汤姆和其他孩子一起扔硬币,或者跳马,一个一个地跳过去,看见有人骑马跑过时,向马腿扔石子,这最好玩了。如果附近有堵墙可以让他躲藏的话,那就更过瘾了。每逢玩这些游戏的时候,他就开心地笑了。

关于扫烟囱、饿肚子和挨打这些事,汤姆把它们看成是世界上应该有的事情,就像下雨下雪和打雷一样。碰到这种事情,就像驴子总得挨过天上的冰雹一样,汤姆总是硬着头皮勇敢地挺过去,最后再摇摇头,好像什么事也没发生一样,照样欢天喜地的。

汤姆相信自己总有一天会过上好日子。那时候他将是个大人了,而且还是个扫烟囱的师傅。那时他会坐在一个酒店里,一边享用着一大杯啤酒,一边抽着一根长长的烟斗。他还会用银币赌纸牌,身上穿的是绒布衣服和高筒皮靴,还要养一只灰耳朵的白毛哈巴狗,把它装在衣服口袋里,就像一个真正的男子汉一样。

他当然要收徒弟,一个,两个,三个,有多少收多少。他也要像自己的师傅对自己那样对待他们,把他们打得头昏眼花。回家的时候,他要叫他们扛着装煤灰的口袋,自己则骑着驴子走在他们前面,嘴里叼着一根烟斗,衣领的纽扣眼里插着一朵鲜花,像个神气的国王那样走在自己军队的前面。不管怎样，好日子总是要来的。因为有这样的信念，所以只要他师傅开恩，让汤姆喝一口他喝剩的啤酒时，汤姆就是城里最快活的孩子了。

有一天，一个神气的小马夫骑马来到汤姆住的院子里。那时汤姆正躲在墙后面，准备用块破砖向那人的马腿扔去，这是那一带欢迎陌生人的一种惯例。但那个马夫瞧见了汤姆，就招呼他，向他打听那个扫烟囱的格林先生住在哪儿。格林先生原来就是汤姆的师傅。汤姆一向对做生意很在行，对客人总是客客气气的，他也就悄悄地扔掉破砖，跑过来招呼客人。

那人是约翰·哈特荷佛公爵派来的，他来叫格林先生第二天早上到公爵的庄园去，因为公爵那里原来扫烟囱的人被关进了牢房，庄园里的烟囱就没有人扫了。说完这些话，小马夫就匆匆上马走了，汤姆都来不及问他那个扫烟囱的人是为什么事给关进牢房的。汤姆自己也曾经有一两次被关进了牢房，他自然很想知道这事的原因。

另一个让汤姆不高兴的地方是那个马夫的外表。那个马夫看上去非常整洁——黄褐色的绑腿，黄褐色的裤子，黄褐色的短外套，配上一条雪白的领带，领带上别一根漂亮的别针，再加上一张干净红润的圆脸，这些都使汤姆感到厌恶。他认为这样的人一定是个傲慢无理的家伙。这种人衣着光鲜，装得神气活现，其实这些衣服全是别人买给他的。汤姆又走到墙后面去拿那块破砖头。但是他转念一想,这人毕竟是来谈生意的,应该没有什么恶意,也就算了。

他的师傅一听说有这么一个大主顾,得意忘形的一拳把汤姆打倒在地上。一般他晚上都是喝两杯啤酒,那天晚上特意多喝了几杯,为的是第二天能一大早起来。据他说,一个人睡醒时如果头痛得厉害,就需要跑到外面去呼吸一下新鲜空气。第二天早上,他真的四点钟就起来了,起来又一拳把汤姆打倒在地上,这是为了给汤姆一次教训(就像那些少爷们在学校里经常受到教训一样),好让他这一天比平时更守规矩一点。因为这天他要上一个大户人家去,如果他的表现能使主顾满意,那好处可就多着呢。汤姆自己也是这样想的。所以就是他师傅不打他,他也会极力装得规规矩矩的,因为世界上最了不起的地方应该就是哈特荷佛庄园了(虽然他并没有见过);而哈特荷佛公爵或是约翰公爵本人他是见过的,因为汤姆两次都是被他送进监牢里去的。对他来说公爵是世界上最可怕的人。

哈特荷佛庄园的确是个了不起的地方,即使是在富裕的英国北方也很了不起,那里地方很大。汤姆还记得在一次当地的骚乱中,惠灵顿公爵的十万兵将和许多大炮全都安置在那里,还绰绰有余。

那庄园里养着很多鹿。汤姆认为这些鹿是专门喜欢吃小孩子的妖怪。这里有好几英里长的禁猎场，有时候如果嘴馋了，格林先生和那些烧炭的小伙子们会偷偷溜进去抓只山鸡什么的野味来打打牙祭。有几次汤姆看到了那些山鸡，心想着这些山鸡吃起来不知是怎样的美味。那儿还有一条宽阔的河流，河里有鲑鱼，格林先生和他的朋友也想偷偷进去摸鱼，可是要摸鱼就得钻进冷水里，这个苦差事他们可不喜欢。

总而言之，哈特荷佛庄园是个了不起的地方，而且约翰公爵也是个德高望重的老头儿，就连格林先生都很尊敬他。格林先生尊敬他，是因为如果格林是罪有应得的话，他就可以把格林先生关进大牢里去。每星期他总要把一两个人关进大牢里去呢；格林先生尊敬他，也因为周围方圆好几英里长的土地都是他的产业；格林先生尊敬他，还因为在那些养着猎狗的一班绅士中，他最开朗、正直、通情达理。他认为应该怎样对待他的邻居，他就怎样对待。他认为自己应该得到什么，他就能得到什么。更重要的原因是，他的体重足有两百斤，至于胸围有多少，谁也说不准。当地很少有人打得过格林先生，可是他要是跟格林先生公开格斗的话，那准会把格林先生摔出老远。不过，孩子们，这事约翰公爵一般是不会做的。很多事情都是这样，即使你心里非常想做，而且完全能做到，但是你也不能做，这件事也是如此。因为格林先生尊敬约翰公爵，所以每当约翰公爵骑马经过的时候，格林先生总要将手高举到帽檐向他敬礼,并称呼他"大好人",而叫他年幼的女儿们"美丽的姑娘"。在当地要同时得到这两个称呼可不那么容易。格林先生这样说也是出于对自己偷鸡的补偿。

我担保,你们从来就没有在大夏天早上三点钟从床上爬起来过的经历。有些人夜里三点钟起来,那是为了捉鲑鱼;还有些人三点钟起来是为了去爬阿尔卑斯山;而更多的人三点钟起来是因为他们没有办法,就像汤姆这样,不得不在这个时候起来。可是,话又说回来,夏天半夜里三点钟是一天二十四小时里面和一年三百六十五天里面最好的时刻。至于为什么大家都在这个时候起来,我也说不清楚,也许他们故意要把白天一样可以做的事情放在晚上做,但这样就会使他们的大脑和健康受损。至于汤姆,既不在晚上八点半钟出去吃晚饭,也不在晚上十点钟赴舞会,并且也不会从夜里十二点钟到早上四点钟一直跳舞跳个不停。

汤姆的师傅昨晚七点钟去酒店的时候,汤姆就上床睡觉了,睡得同一头猪一样。所以当那些累坏了的老爷、太太们正预备去睡觉的时候,汤姆已经准备起来了,就像没有礼貌的雄鸡那样,一早起来把那些女仆们叫醒。

汤姆就这样跟着他的师傅一起出发了。格林先生骑着驴子走在前面,汤姆扛着刷烟囱的刷子跟在后面。出了院子,来到了街上,经过那些关闭的百叶窗前,遇到那个眯着眼睛

的警察。早晨的天空还半明半暗，映得那些屋顶灰白发亮。汤姆和师傅就在那些屋顶下面走过。

他们穿过煤矿工人住的村子，那时家家户户的门都还紧闭着，村子里静悄悄的。他们穿过路上的关卡，然后他们就真正到了乡下了。这里的泥路上尘土飞扬，师徒两人沿着黑色的泥路吃力地前进，路两旁堆的全是黑煤渣，有一堵墙那么高，耳边只听见附近煤田里的挖煤机器轰鸣作响，此外什么声音也听不到。可是没走多远路就变白了，墙也变白了，墙角里草儿长得很茂盛，美丽的花儿鲜艳地盛开着，都披着湿湿的露水。挖煤机器的轰鸣声已经听不见了，只听见云雀高高在天上唱着晨歌，斑鸠在芦苇里鸣唱，那些斑鸠已经这样整整唱了一夜了。

其他的一切一片寂静。因为大地婆婆这时还在沉睡，她睡着的时候比醒着的时候更美丽可爱。高大的榆树在金绿辉映的草地上面酣睡，树下牛儿们也酣睡着。还有附近的几朵白云也同样沉睡着，它们好像累得想要躺到地面上来休息一会儿。它们躲在榆树的枝干中间，飘过河边赤杨树的树顶，远远望去，就像一片片白雪或者一缕缕白纱，等着太阳叫它们起来，然后再升上清澈的蓝天去做它们白天应该做的事情。

两个人向前走啊走。汤姆不住地东张西望，他还从来没有来过这样远的乡下。他巴望着爬过一扇篱笆做的门，去摘点毛茛花,再去找找篱笆里的鸟窝。可是格林先生是个有要紧事要做的生意人,绝对不会同意为这些事耽误时间的。

不久他们碰到了一个穷苦的爱尔兰女人,她背着一个包袱,在路上艰难地走着。她头上包裹着一块灰色的头巾,身穿一条深红色的裙子,一看就知道她是从加尔威来的。她光着脚,既不穿鞋子,也没穿袜子,两只脚又酸又痛,走起路来一瘸一拐,看上去好像很疲倦的样子。可是她长得很高,也很美,灰色的眼睛非常明亮,又黑又密的头发披散着。格林先生被这姑娘迷住了,所以他走近她向她喊道:"姑娘,这路太难走了,不应该让你这双尊贵的脚来走。你还是骑上这驴子,坐在我后面好不好?"

可这姑娘也许不喜欢格林先生的样子和他说话的口气,她冷冷地回答:"谢谢,我上不来。我还是跟你这个小伙计一块儿走吧。"

"那随你。"格林气呼呼地吼道,继续抽他的烟。

那女人就一边跟汤姆并排走,一边跟汤姆聊起来,问他住在哪里,都知道点什么,又问到他的身世。谈到后来,汤姆觉得这个女人是自己见过的说话最讨人喜欢的女人。最后女人问他平时做不做祷告,汤姆说他不知道怎么做,女人听了表示很难过。

接着汤姆问她的家在哪里。她说远在大海另一边。汤姆就问她海是什么样的。她就告诉他,在冬季的黑夜里,海浪怎样在礁石上翻腾，怒吼时发出怎样的声音；在晴朗的夏日的白天，海又是怎样安静地睡着，孩子们可以尽情地在海里游泳和玩耍。她还告诉他很多关于海的故事。汤姆听了巴不得立刻去看一看大海，并且和那些孩子一样在海里游一游。

终于他们走到山脚下，看到一股泉水。这泉水并不像你在这儿能见到的两种泉水：一种是从一个水潭里的白沙粒中冒出来的，潭里面长着红色的猪笼草、酸葫芦和芳香的白兰花；另一种是从长满羊齿草的峡谷中流出来的，泉水流过温暖的沙子，翻滚着泡沫，把水底的沙子扑打上来，这样日夜不绝地流淌着。汤姆他们看到的泉水和上面两种泉水都不一样，是真正的北方才有的石灰泉，就像西西里岛或者希腊的那些泉水一样。古代的人幻想常常有仙女在酷热难耐的夏季坐这些泉水旁边纳凉，而牧羊人就躲在树丛后面偷偷看她们，并对着她们吹笛子。

这是一股汹涌的泉水，从一座石灰岩脚下的一个小石洞里冒出来。泡沫翻滚，发出汩汩的声音，清澈得简直让人分不清哪儿是水，哪儿是空气。泉水顺着路向下流去，形成一股强有力的溪流，这股水流足以推动一座磨坊。在泉水流经之处四周开着浅蓝的天竺葵、金黄的毛茛花、野生的覆盆子和开得像一丛丛雪的山樱花。

格林停下脚步在泉水旁边看着，汤姆也停下来望着泉水。汤姆心里嘀咕着，那个黑洞里面不知道有没有东西，晚上这个东西说不定会从洞里出来在草地上飞来飞去。可是格林却什么也不想。他从驴子上下来,一句话也不说,翻过那座篱笆墙,跪在泉水旁边,把自己那个丑恶的头浸在泉水里,一下子把泉水弄脏了。

汤姆手忙脚乱地摘着路边的野花。那个爱尔兰女人也帮他摘,还教他扎花。两人很快就扎成了一个美丽的花束。可是汤姆一看见格林竟然洗起脸来,他就停下来花也不扎了,十分诧异地盯着格林。格林洗完脸,晃晃脑袋,把耳朵里的水甩掉,汤姆就说:"啊,师傅,我从没见你洗过脸呢。"

"以后你很可能也不会再看见我洗脸了。我洗脸并不是要把自己弄干净,只是天太热,我要凉快一下。我才不会像那些满脸煤灰的烧炭工,每隔一两个星期洗一次脸,那才丢人呢。"

"我也想把头放在泉水里凉快凉快呢,"可怜的小汤姆说,"这一定就像把头放在城里抽水机下面一样好玩,再说这里可没有什么人来把你赶走。"

"你过来,"格林说,"你洗什么脸?我昨天晚上喝了半加仑的啤酒,你也喝了吗?"

"我才不管你为什么洗脸呢。"淘气的汤姆说着就跑到泉水旁边真的洗起脸来。

刚才那个爱尔兰女人宁可跟汤姆在一起,也不跟他在一起。所以格林就不高兴了,而这下他就更加生气了,于是他冲着汤姆骂了许多难听的话,还把汤姆从泉水边一把抓起来,狠狠打了一顿。可是这样的打骂对汤姆来说早就是家常便饭了,他把头藏在格林的两条腿中间,让他打不到,同时还拼命踢他的脚踝。

"难道你不觉得害臊吗,托马斯·格林?"爱尔兰女人在篱笆墙那一边喊道。

格林听她说出自己的名字,吃了一惊,他抬起头,可是他只说了一句:"不,一点儿也不,而且永远不会觉得。"说完又继续打汤姆。

"的确如此,这就是你。如果你会觉得有点害臊的话,你应该老早就回到温德尔去了。""你知道什么温德尔?"格林大声叫道,可他住手不再打汤姆了。

"我当然知道温德尔,我还知道你。比如两年前圣马丁节的夜里,在赤杨泽那边发生的那件事情,我就知道。"

"这件事你知道?"格林大声喊。他丢下汤姆,爬过篱笆墙,和那女人面对面站着。汤姆以为他会打那个女人,可是那女人严厉地看着他,他哪敢下手。

"是的,当时我就在那里。"爱尔兰女人声音平静地说。

格林对她说了许多脏话,后来又说,"听口音,你不像是一个爱尔兰女人"。

"你别管我是谁。反正我就是看见了我能看到的东西。如果你再打这个可怜的孩子,我就要把我知道的事情都说出来。"

格林显得很害怕,他什么也不说,跑去牵驴子了。

"你站住!"爱尔兰女人喊,"我还有一句话要让你们两个人知道。记住了,你们两个在事情结束之前,还会见到我。那些想要清白的人将得到清白,那些自甘堕落的人,将会堕落到底。牢记!"

说完她转身离去,穿过一座栅栏门,走进了草场。格林一动不动无声无息地站了好一会,仿佛吓呆了似的。过了一会儿他一边跑去追她一边叫道:"你给我回来。"可是当他赶到草场上时,那个女人并不在草场上。

难道她躲起来了吗?可是这儿并没有什么地方能躲啊。格林还是到处找她。汤姆也在找她,他和格林一样,对她的身份迷惑不解,同时也被她扑朔迷离的行踪搞得晕头转向。可是不管他们怎样寻找,那女人就是找不到。

格林只好作罢,呆呆地站着一声不吭,可以看出来他有点儿害怕了。他默默地骑上驴子,重新装好烟斗狠命抽起烟来,不再找汤姆的麻烦。

他们又走了三英里多,就来到了约翰公爵庄园门口。

庄园的人都住在高大气派的房子里。铁栅栏的园门也很有气势,有两根大理石做的门柱,每根柱子上端都刻了一个吓人的怪物。怪物龇牙咧嘴,头上长着两只角,身后拖着一条尾巴。据说约翰公爵的祖先参加玫瑰战争时,头上就是戴的这种怪物头盔。他那些祖先想得非常周到，戴这种怪物头盔吓唬那些敌人，让他们一看见就赶快逃命。

格林拉一下门铃，立刻有一个看管园子的人来开了门。

"公爵吩咐我在这儿等你们，"他说，"你们听着，规规矩矩地走大路，别到处乱跑。回来的时候，可别让我在你们衣服里搜到什么兔子之类。我会仔细检查的，你们记好了。"

"如果我把猎物藏在煤灰袋下面，你可就搜不到啦。"格林说着大笑起来。

管园子的人也笑了，他说："你既然这么说，我还是一起陪你去大厅吧。"

"我想最好你陪我过去。伙计，看守庄园内的山鸡野兔是你的活儿，可不是我的啊。"

管园子的人就跟他们一起走了，一路上他和格林谈得很投机，这让汤姆觉得很奇怪。汤姆并不知道，管园子的人和偷猎的人其实没什么两样，在里面管园子的，到了外面就是偷猎的；偷猎的，到了里面就是管家。

他们走上一条两边是菩提树的大路，这条路有一英里长还不止。透过菩提树枝干，汤姆望见许多鹿在羊齿草里睡觉，这些鹿头上竖着高高的鹿角，吓得汤姆浑身发抖。汤姆从来没有见过这么高大的树，他抬起头来看着天，好像蓝天正在树顶上休息。可是最让他迷惑不解的是，一路上一直有一种古怪的嗡嗡声。汤姆越来越觉得奇怪，干脆鼓起勇气问管园子的人这是什么东西的声音。

汤姆说话时态度非常恭敬,并且称呼管家的人"老爷",这是因为他心里很怕他。管园子的人听汤姆叫他"老爷"倒是很高兴,就告诉汤姆,这些声音是菩提树上采花的蜜蜂发出的。

"蜜蜂是什么?"汤姆问。

"酿蜜的虫子。"

"什么是蜜?"汤姆又问。

"你怎么这样啰唆。"格林说。

"你别难为这孩子。"管园子的人说,"很难得这小家伙这么懂礼貌。要是他老跟你这种人在一起,说不定很快就会会变坏。"

格林大笑,他觉得这话是对他的一种恭维。

"我要是能做个管园子的人该多好啊,"汤姆说,"那我就能住在这样美丽的地方,穿上绿色的天鹅绒衣服,纽扣上再挂着一个真正的用来叫狗的哨子,就像老爷你这样。"

管园子的人笑了,他算得上是个心地善良的人。

"孩子,你要学会知足啊。你的饭碗可比我的要牢靠多啦。你说呢,格林?"

格林师傅又大笑起来。接着两个人开始压低声音谈话。不过汤姆能听得出来他们是在谈论偷猎的事情。最后只听格林师傅气恼地说,"难道你有什么理由不信任我吗?"

"暂时没有。"

"那么等你有了理由之后再跟我说吧，我可是个老实人。"

这话大概很好笑，两人听了大笑起来。

他们走到一所大房子前面的大铁门前。透过铁门，汤姆远远望见里面盛开着杜鹃花和石楠花。他又望着那所大房子，心想房子里面不知道有多少烟囱，他还想知道这房子是哪一年造的，造这所房子的人叫什么名字，他因为造这房子挣的钱多不多。这些问题都很难回答，因为哈特荷佛庄园修了九十次，融合了十九种不同的建筑风格，仿佛有人用勺子把各种各样的形状搅和在一起了。

汤姆和他的师傅并没有从大铁门进去，而是兜了一个大圈子，从房子后面的一个很小的后门进去。那铁门是专供公爵和主教来时走的。一个倒煤灰的男仆打着吓人的哈欠把他们放了进去。在过道里他们碰到了女管家，穿了一身印花的袍子，十分花哨，汤姆误以为她就是公爵夫人。她用严厉的语气要求格林注意这个，注意那个，好像来扫烟囱的是格林而不是汤姆。格林小心地听着她吩咐，不时低声对汤姆说："小鬼头，这个你记住了吗？"

汤姆尽量把这些记在心里，至少把能记得的都记住了。接着女管家把他们带到一个房间里，房里的东西全都用大张的棕色牛皮纸盖起来了。她吩咐他们立刻动手，她的声音又高又傲慢。汤姆哼哼了两声,又被他师傅踢了一脚,他就这样钻进壁炉,爬到烟囱里去。

汤姆在烟囱里的时候,一个女仆留在房间里面看守家具,格林先生讲了许多讨好她的话,又开玩笑,又献殷勤,可是女仆对他爱理不理,这让他很扫兴。

究竟汤姆扫了多少烟囱,这我也数不清楚。我只知道他扫了很多烟囱,所以很疲倦,以至于有点迷迷糊糊。因为庄园里的那些烟囱和汤姆在城里扫的烟囱不大一样,大而弯曲,因为过去改建过好多次,所以现在弄得纠缠在一起了。乡间老式别墅里的烟囱都是这样的,如果你爬上去一看就明白了,只是你恐怕你不会愿意爬上去。正因如此,汤姆在烟囱里完全迷失了方向。尽管眼前是一片漆黑,这对他来说倒无所谓,因为他钻在烟囱里就像鼹鼠钻在地下一样自在。可是最后当他爬下烟囱时,他以为自己走对了,实际上却走错了。他发现自己站在一间房间里,就在壁炉地毯上面。这样的房间他有生以来从没有见过。

房间里的景象汤姆从来就没有见过。从前他走进上流人士的房间里时,那里面地毯都是卷起来的,窗帘都是放下的,家具全都堆放在一起并且用块布盖着,墙上的画则都是用围裙或罩衫遮起来的。汤姆常常想,这些房间布置好了以后供那些高贵的人们居住时,不知道会是什么模样。现在他可是亲眼看见了,他觉得眼前的景象十分美妙。

房间里几乎一片洁白：白色的窗帘，白色的帐子，白色的家具，白色的墙壁，只有几处画上有些粉红色的线条。地毯上点缀着艳丽的小花。墙上挂着镶着金边框的画，有些画上有贵妇和绅士们，有些画上有马儿和狗儿，汤姆看了觉得十分有趣。汤姆喜欢那些马，可是对那些狗没什么兴趣，因为里面既没有哈巴狗，也没有小猎狗。

最让汤姆感兴趣的是两幅画。一幅画上有一个男人，穿着礼服，周围是一群孩子和他们的妈妈。男人的手放在孩子们的头上。汤姆觉得这幅画很适合放在一个太太或是小姐的房里。从这个房间的陈设来看，他判断这是一个女人的房间。

另一幅画让汤姆大吃一惊，画上画的是一个被钉在十字架上的男人。汤姆觉得自己好像在商店的橱窗里见过这幅画，可这儿为什么也会挂这样的画呢？

"他真可怜，"汤姆心想，"这人看上去十分仁慈安详。这个房间的女主人怎么会在自己房间里挂一幅这么可怕的画呢？有可能画上的男人是她的一个亲戚，他被坏人杀死了，她就把他的画像挂起来做个纪念。"汤姆既难过又害怕，转身去看别的东西了。

接着他看见一个脸盆架，上面放着热水瓶壶、脸盆、肥皂、刷子和毛巾。还有一个大浴缸，缸里面放满清水。这么一大堆东西，应该全是用来洗脸、洗澡的，这让汤姆感到一头雾水,他寻思着:"照师傅的说法,她要用这么多的水来洗,一定是个脏女人。可是洗好以后,剩下的脏水在哪儿呢?我在房间里一点脏水也看不到,她的毛巾也很干净,很可能她是个狡猾的女人。"后来,他朝床上望望,这一望就看见了那个脏女人,眼前的景象让他吃惊得气都透不过来了:一个十分美丽的小姑娘躺在床上,盖着雪白的被子,枕着雪白的枕头。汤姆还从来没有见过如此美丽的小姑娘。她的脸颊就和枕头一样白,头发就像金丝一样散在床上。她看起来和汤姆差不多大,也许大一两岁。可是汤姆并不在意这些。他完全被她娇嫩的皮肤和金黄的头发吸引住了,搞不清楚她到底是个真正的活人,还是那种店里卖的蜡制洋娃娃。当他看见她呼吸的样子时,他就知道她是个活人。他眼睛睁得大大的站在那儿看着她,就像在看一位下凡的仙女。

啊不,她怎么可能是肮脏的呢?她永远都会洁净如泉水般,汤姆告诉自己。后来他又想:"是不是所有的人洗干净了以后都像她这样呢?"他瞧瞧自己的手腕,想擦掉上面的煤灰,又不确定这些煤灰能不能搓得下来。"如果我长得像她这样,我看起来一定会帅得多。"汤姆四下张望着,忽然看到一个衣着破烂的小孩子站在他身边。这个孩子又黑又丑,眼睛都烂了,笑得露出一嘴大白牙。汤姆怒气冲冲地面对着这个小孩子。这样一个漆黑的瘦猴怎么能跑到那么可爱的小姑娘房里来呢?再仔细一瞧,汤姆瞧出来了,原来那就是自己的形象啊，是从面前的一面大镜子里面照出来的，汤姆从来没有看见过自己的这副尊容。

汤姆有生以来第一次发现自己是个脏孩子，立刻哭了起来。他又羞又怒，转过身去，打算悄悄地爬进烟囱里躲起来，可他把炉子周围的护栏撞倒了，把火钳也碰倒了，发出一阵叮叮当当的响声，就像一万只疯狗的尾巴上拖着一万只空罐头跑来跑去一样。

床上的小姑娘被这声音惊得跳了起来，她一看见汤姆，就像一只孔雀那样尖叫起来。一个高大肥胖的老保姆闻声从隔壁房间里赶来，一看见汤姆这副模样，还以为他是个杀人放火的强盗。这时汤姆正摔倒在炉子的护栏上，老保姆飞快向他冲过来，一把揪住他的外衣。可她并没能抓到他。汤姆曾经好几次落入警察的手中，但又设法从警察手里逃了出来。要是他笨头笨脑的被一个老太婆抓着，那还有什么脸见他那些朋友呢？所以汤姆一定会从这位善良的女士手里溜掉的。他跑到房间另一边，毫不犹豫地从窗口跳了出去。

汤姆当然有胆量跳下去，但他并不需要这样做。他连顺着下水管滑下去都用不着，虽然这对他来说也是再拿手不过的了。有一次他沿着下水管道爬上教堂的屋顶，他自己说是掏鸟蛋的，可是警察却说他是上去偷东西的。可说归说，警察上不去，只得眼睁睁地望着他高高地坐在那里，直到太阳晒得他受不了了，他才从另一条下水管悄悄溜了下来。警察拿他没办法,只得回警察局吃饭去了。

这次,汤姆没有从下水管溜下来。原来正对着那房子的窗子下面,刚好有一棵大树,树上长着大大的叶子,开着芬芳的花朵。那些花几乎有汤姆的头那么大。我想,那大概是棵木兰树,可这汤姆根本不知道,而且一点也不关心。他就像一只猫一样熟练地从树上溜了下来,穿过花园中的草地,爬过铁栅栏,向庄园另一边的树林子跑去,老保姆急得在窗口拼命地叫喊:"救命啊,有贼啊!"

正在割草的小花匠看见汤姆,赶忙扔下手里的镰刀,却被镰刀扎在腿上,划了个口子,这导致他后来在床上躺了整整一个星期。可他当时一点儿也不觉得疼,照旧去追赶汤姆。挤牛奶的女人听见叫喊声,不留神膝盖把盛奶的罐子碰倒在地,里面的牛奶洒了一地。可是她仍然跳起来,去追赶汤姆。马房里的马夫正在洗刷约翰公爵骑的马,听到喊声手一松,马立刻乱蹦乱踢起来,马夫要去抓马,却立刻扭伤了脚,可他也跑去追赶汤姆。

在铺着石子的院子里,格林师傅打翻了装煤灰的袋子,把院子里弄得一塌糊涂。可是他也跑出来,去追赶汤姆。老管家匆匆忙忙地去开门,他的小马驹的下巴却被钩在门上尖尖的铁刺上,也许现在还挂在那儿呢。可是他也跳了起来,去追赶汤姆。农夫还在田地里耕地,可也丢下自己的两匹马不管了。结果一匹马跳过篱笆,把另一匹马和犁一起摔到沟里去了。可是农夫头也不回地去追赶汤姆了。那个管园子的人正用夹子捉一只黄鼠狼，一失手让它跑了，还夹痛了自己的手指。可是他仍然蹦起来，跟在汤姆后面拼命追。一想到他刚才讲的话和他那副嘴脸。如果汤姆被他抓住，我可真要替汤姆担忧呢。

约翰公爵这时已经起床了，正从他的书房窗口朝外望，又抬头望望老保姆，屋顶上的灰刚好掉到他眼睛里，害得他不得不去请医生。可是他仍旧跑出来，追着汤姆。那个爱尔兰女人正向大房子走来，她一定是从什么小路过来的。她扔掉自己的包袱，也去追赶汤姆。只剩下我们那位公爵夫人没有去追赶汤姆，因为她把头探出窗口，她的假发就掉在院子里了。她只好拉铃叫贴身的女仆进来，让她下楼替她把假发取回来。这就使她只能待在屋里，因此这个故事里她就不再出场了，我们也就不提她了。

总而言之，这个庄园里就从没这么喧闹过。就算是在一个满地碎玻璃和碎花盆的地方追杀狐狸，大概也不会弄出这么大的声音。喧哗声、叫嚷声响成一片，完全没有了体面和秩序。当格林、花匠、马夫、挤牛奶的女人、约翰公爵、老管家、农夫、管园子的人和那个爱尔兰女人全都追着汤姆满庄园跑，认为他口袋里至少有价值一千镑的首饰，大声喊着"捉贼呀"时，连喜鹊和乌鸦都在汤姆后面叽里呱啦地叫，就好像汤姆也是一只被猎人追赶的狐狸，快要倒下了一样。

这时候,可怜的汤姆始终光着脚在庄园里跑着,就像一头小黑猩猩,从花园里向树林里逃去。可惜,没有一个大猩猩那样的父亲在这时候为他挺身而出,用一只爪子把花匠的肚肠抓出来,用第二只爪子把挤牛奶的女佣人抛到树上去,用第三只爪子把约翰公爵的头扭掉,同时还用牙齿咬碎管园子的人的脑袋,就像咬破一个椰子或者一粒鹅卵石那样毫不费力。

不过,因为汤姆的脑子里从来没有关于父亲的记忆,也不指望有个父亲这时来救他。他只能指望自己照顾好自己。说到赛跑,他大可以跟着一辆邮政马车跑上两英里路,只要有一个铜子或者一段香烟头赏他就行。而且还能伸直手脚,像风车一样打着转侧身翻滚着跑,这可比你的本领大多了。正因如此,那些追赶他的人想要抓到他可没那么容易。我们当然希望他们不要抓住他。

汤姆当然会向树林里逃。他长这么大还从没有到过树林。尽管如此,他却很机灵,知道自己可以躲在灌木丛里,或者爬上一棵树藏起来,总而言之,在树林里比在空地上更容易逃脱。如果他连这点也没想到,那他就真的蠢得比不上一只老鼠或者一条鳉鱼了。

可是当他跑进树林后,他发觉那里和他想象中的树林不太一样。他冲进一片茂密的杜鹃花丛,立刻发现自己在里面受困了。那些树枝缠着他的腿,勾着他的胳膊,刺他的脸,

戳他的肚子，他只能紧紧闭着眼睛往前冲。（不过这也无所谓，因为本来他就算是睁着眼睛最多也只能看出两三英尺远）等到他好不容易从杜鹃丛里脱身，那些蒲草和芦苇又绊了他一跤，后来他的指头也被划破了。还有石榴树也狠狠地抽打着他，就像是在教训伊顿公学的顽皮学生。所有有正义感的孩子都会勇敢地站出来说，汤姆遭受这样的鞭打是不公平的。树林的那些荆棘似乎嫌汤姆还不够惨，也来凑热闹，把他活生生的绊倒在地，还用鲨鱼牙齿一样的枝条扎他，搞得他惨不忍睹。

"我非得想办法逃出树林不可，"汤姆想，"不然的话，我就得在这里等人来救我出去，我可不希望这样。"

可怎么出去似乎成了个难题。说实在的，我看他根本就没办法出去。要不是他的头突然撞上了一堵墙，恐怕这辈子也出不去了，到后来就只好任由那些蓬蒿叶子把他整个人埋起来。你肯定知道把头撞在墙上可不是什么好玩的事，尤其是如果撞上的是一堵松松垮垮的墙，墙上都是石头。如果一块尖角的石头撞在你的鼻梁上，就会撞得你眼冒金星。当然，星星是十分美妙的，可惜的是这些星星在万分之一秒间就会消失得无影无踪，而随着这些星星一起而来的疼痛感却会一直持续下去。汤姆就是这样长时间地感受着头痛。只不过他是个勇敢的孩子，所以一点也不怕。他猜测墙的那一面就是树林外面了，就像只松鼠一样爬上墙头，翻了过去。

现在他来到了一大片禁猎场的面前,那里松鸡最多。乡下人把这片场地叫哈特荷佛泽。放眼望去只见无尽的石楠树、沼泽和石头,直到天际。

汤姆是个机灵的小家伙,就跟一头老公鹿一样机灵。怎么不是呢?虽然他只有十岁,却比大多数的公鹿待在这个世界上的时间更长,再说他生来就比公鹿聪明得多。跟公鹿一样,他也知道如果他退后的话,一定会把那些追踪的猎狗甩掉。所以他跳过墙之后,就突然向右来了个一百八十度急转弯,再沿着墙跑了大约半英里路。

公爵、管园子的人、老管家、花匠、农夫、挤牛奶的女佣人和其他人却朝着相反的方向在墙这边追了半英里远。这样他们就和墙外的汤姆离开有一英里路远了。汤姆听见那些人的喊声在林子里越来越远,快活地笑了起来。

后来他来到一个斜坡,他沿着斜坡走到底,这才勇敢地离开那堵墙,转身向禁猎场走去。他知道自己和敌人之间已经相隔一座山,现在可以放心地向前了。

可是在追着汤姆的那些人里面,那个爱尔兰女人瞧见了汤姆的去向。她始终都在众人的前面,可是她一直都走得不紧不慢的。她步子轻盈而文雅,两只脚不停地交换着步子,简直无法看出她哪一只脚在前,哪一只脚在后。后来大家相互询问这个古怪的女人是谁,可是没有人知道,大家只能说她也许是汤姆的同伙。

可是当她走进树林子里时，人一下子不见了。大家怎么找也找不到她。原来这女人早已悄悄跟着汤姆翻过墙去了，汤姆往哪里走她就往哪里走。约翰公爵和其他人就再也没有看见过她。既然眼睛里没有，心里也就不再想了。

这时汤姆走进了一片石楠丛。石楠长在沼泽地里，那里的沼泽就和我们这一带的沼泽一样，只不过那里的沼泽地里到处是石头，而且地势并不是渐渐变平。汤姆越往前走，沼泽地变得越来越崎岖不平。还好路不算太难走，所以汤姆勉强能慢慢往前走，并且还能抽空眺望这个奇怪的地方。在他看来，那真是一个全新的世界。

他瞧见些大蜘蛛，背上长着许多奇怪的王冠形和十字形的花纹。它们都坐在自己的网当中，一看见汤姆过来，就飞快地抖动着蛛丝，弄得汤姆眼睛都花了，几乎都看不见它们了。

后来汤姆又看到了蜥蜴，有褐色的，有灰色的，有绿色的。汤姆以为这些是蛇，会咬他。可是那些蜥蜴却也同样害怕汤姆，一下蹿进石楠丛里去了。

在一块石头下面，汤姆发现了一个美丽的动物。那东西很大，尖尖的鼻子，浑身棕褐色，尾巴上一撮白毛，原来是只母狐狸。它身边围着四五只脏兮兮的小狐狸，汤姆从没见过那样有趣的小家伙。母狐朝天躺着，满地打着滚，四肢头颈和尾巴都在明亮的阳光下舒展着。小狐狸们在它身上蹦来跳去，绕着它打转儿，用小尖嘴咬它的爪子，还使劲拖它的尾巴。母狐好像很享受和小狐狸的游戏一样。

有一只小狐狸很自私，想单独去找点吃的来。它偷偷溜走了，在附近找到一只死乌鸦，那只死乌鸦差不多有它身体一样大小。小狐狸把它拖了回来打算藏起来。它那些兄弟姐妹们看见它这样，都大声叫唤着赶过去，这时它们正巧碰到了汤姆。

小狐狸们全跑回了母狐狸的身边。母狐狸嘴上叼着一只小狐狸，其余的小心翼翼地跟在它后面，全躲进一个黑漆漆的石洞里去。这场好戏就演完了。

接下来汤姆受到了惊吓。当他爬上一座沙崖顶时，只听见呼哧呼哧咯咯哒，一个不知道是什么的东西从他眼前飞过去，那声音非常吓人。他以为大地裂开了。汤姆紧紧地闭着眼睛。

等他睁开眼睛时，发现那原来不过是只大山鸡在沙子里洗澡。这就像阿拉伯人一样，因为没有水洗澡，只好在沙子里洗。那时汤姆差点儿踩到山鸡身上，所以它跳了起来，发出的声音像疾驰而过的火车一样。这只山鸡丢下太太和孩子，自己像个胆小鬼一样逃走了。它边逃边叫着："咯咯哒，咯咯哒，救命啊，杀人啦，放火啦，抢劫啦！咯咯哒，咯咯哒，世界末日啦，地球快完了！"它真的就是这么想的，只要有什么事发生在离开它鼻尖一寸以外的地方，它就以为世

界末日来了。可正如你所知,世界末日并没有来,但老松鸡却以为是世界末日来了。

大约过了一个小时,老山鸡回到家,庄严地对太太和儿女们说:"咯咯哒,乖太太乖孩子们,世界末日虽然还没有来呢,可是我敢担保后天一定就是了。"可是这样的话老山鸡的太太已经听过无数次了,它完全明白是怎么回事儿,不仅如此它还知道老山鸡接下去会说些什么。它自己是一大家子的主妇,有七只小山鸡等着要吃要洗澡,这使它养成了很实在的性情,只是有时候有点急躁,所以它回答它的丈夫说:"叽叽——快去捉蜘蛛,快去捉蜘蛛——叽叽。"

汤姆继续向前走啊走,自己也说不出为什么,他竟然喜欢上了这个宽阔而奇特的地方,这里的空气清新凉爽、令人振奋。可是越往上走,他就走得越慢,因为脚下实在太难走了。现在在他脚下的已经不是柔软和潮湿的泥土,而是大块大块的石灰岩,那些岩石之间有着很深的裂缝,里面长满羊齿草,整个路面就像破烂不堪的人行道一样。汤姆要在一块块石头中间跳过,因此难免踩到石缝里。虽然他的小脚丫子相当结实,也还是会痛。即使这样他还是努力向上爬,自己也不知道为什么。

那个原来跟着汤姆后面走的爱尔兰女人始终跟在汤姆后面,走在沼泽地里。如果汤姆看见她,不知道他会说什么。虽然她一直盯着汤姆,汤姆却根本没有看见她,这不知道是因为汤姆很少回头看,还是因为她故意躲在那些岩石和土堆后面,好让汤姆看不到。

现在汤姆觉得饥渴难忍。他已经走了很远的一段路,这时太阳已经在天上升得很高了,把那些岩石晒得就像铁锅一样滚烫,石头上方的空气就像石灰窑上面的空气那样都转着圈,这又使得周围的东西望上去都在飘荡溶化。

汤姆看出来自己不可能在任何一个地方找到东西吃,更没有水可以喝。树林里虽然到处都是越橘树和浆果树,可还在六月里,树还在开花。至于可以喝的水,谁有本事在石头和岩缝里找到呢?偶尔,他走过一些又深又黑的石洞,一直深入地底,看上去就像住在地下的小矮人房子的烟囱似的。他走过这些石洞,常常能听到叮当的水声,那是从很深的地方发出来的。他多想下去润一润他干裂的嘴唇啊!虽说他是个勇敢的扫烟囱小孩,可像这样的烟囱他可不敢爬下去。

他只能继续向前走,一直到被太阳晒得头脑发热才停下来,这时他听见远处教堂的钟声。"啊!"他心里想,"有教堂的地方总是有房子和人的。说不定会有人愿意给我一点吃的喝的呢。"于是他又往前走,去找那所教堂,他肯定自己刚才听得清清楚楚,那一定是钟声。

可是他一往四下眺望,又不得不停了下来,对自己说:"唉,世界真大啊!"他说的一点不错,从山顶上他能够看见一切——他有什么看不见呢?

远在他身后，山脚下是哈特荷佛府、黑森林和闪光的鲑鱼河。在他的左边，也是很远的地方，是那个大城市和煤矿上空那些冒烟的烟囱。再远一点的地方是条宽阔的河，向大海奔流而去。河面上有许多星星点点，那是船，在大海的怀抱里开着。

他的面前是一片大平原，就像一张地图一样展开，上面有农场和绿树掩映的村庄，这些好像就在他的脚下蔓延。可是汤姆一点儿也不糊涂，知道这些东西离自己至少有几十英里远。在他的右面是重峦叠嶂，越是远处越是模糊，最后变成一片淡蓝，和天色融合在一起。可就在汤姆和那些沼泽之间，就在他脚下，却有一片好地方。汤姆一看见就打算下去，因为这正是他要去的地方。

那是一条深绿色的峡谷，有几百英尺深，很狭长，里面长满了树。可是透过下面的树木，他能望见一条清澈的溪流。啊，要是能到水边去该多好啊！汤姆看到溪水边有一个农家屋子的屋顶和一座小花园。花园里有花台和花床，里面还有一个很小的红色东西在走动，那东西和一只苍蝇差不多大。汤姆低头仔细一看，原来是一个穿着红裙子的女人。啊！说不定她会给他点吃的东西呢。

教堂的钟声又响了。下面一定有一个村庄。那里谁也不认识他，谁也不知道哈特荷佛庄园那边出的事情。哪怕就是约翰公爵把所有的警察都叫来追他，消息也不会很快传到这个村庄里。而他却只要五分钟就可以下到村庄里去。汤姆猜对了一半,那片呼喊追逐的声音的确还没有传到村庄里,因为他已经不知不觉离开哈特荷佛庄园足足十英里了。至于五分钟内他自己就能下得去,却是不对的,因为那座农家屋子离这里有一英里多路,还足有一千英尺深。

幸亏汤姆是个勇敢的孩子,尽管他双脚酸痛,又饥又渴再加上疲倦万分,他还是走了下去。教堂的钟又敲得那么响,他以为是自己的脑子在作怪,而不是真的钟声。那条小河在下面淙淙地流着,唱着欢快的歌:

"清澈凉爽,清澈凉爽,
流过欢歌笑语的水滩、梦一样的池塘,
清澈凉爽,清澈凉爽,
流过耀眼的卵石、泡沫飞溅的堤岸,
在画眉鸟歌唱的岩石下,
在钟声悠扬,爬满常春藤的墙下,
清澈的水,留待清白的人,
在这水边嬉戏吧,在这水里沐浴吧,母亲和孩
子。

脏臭又潮湿,脏臭又潮湿,
流过烟囱林立、烟雾腾腾的城市,
脏臭又潮湿,脏臭又潮湿,

流过黏滑的河堤、码头和阴沟，
越向前流，我就变得越黑暗，
我越来越富有，越来越贪婪，
被罪恶玷污的谁敢和它玩？
不要靠近我啊，快离开吧，母亲和孩子！
强大而自由，强大而自由，
闸门打开了，我向大海奔流；
自由而强大，自由而强大，
我匆匆地赶路，将污秽冲走，
奔赴金色的沙滩、跳荡的沙洲，
洁净的潮水在远方等着我，
当我融入无边无际的大海里，
像一个罪恶的灵魂得到救赎，
清澈的水，留待清白的人，
在这水边嬉戏吧，在这水里沐浴吧，母亲和孩子。"

和着歌声，汤姆走了下去，并不知道那个爱尔兰女人也跟着他走了下去。

第二章

汤姆刚看到那个地方的时候,它离汤姆有一英里远,而且还是在一千英尺下的谷底。但汤姆觉得它好像就在脚下不远的地方,似乎随便扔一块石子儿,就能打中那个穿着红裙子在花园里拔草的女人,甚至能把石子儿扔到峡谷对面的岩石上。

峡谷的底部只有一块田大小,一边流淌着那条小河。河流上方是灰色的岩石,灰色的山丘、灰色的高原、灰色的石阶、灰的沼泽,拾级而上直到天边。

这地方清逸安静,富饶快乐,它只是地面上的一条狭窄深邃的石缝。它又是如此偏僻,连那些邪恶的妖怪都难以找到这里。这里名叫凡谷。

汤姆向下走去,先要走一段三百英尺的斜坡。坡上长满石楠，还夹杂着褐色的沙砾，那沙砾比一把锉刀还要粗糙，所以当汤姆可怜的小脚踩在上面时可不是个滋味。再加上他走路越来越不稳，简直是跳跳蹦蹦从斜坡上下来的，那就更受罪了。但他仍旧觉得能把一颗石子扔到花园里去。

接着他又走下三百英尺的石灰岩平台，一个坡连着另一个坡，方正笔直，就像有人事先用尺量好，然后用凿子凿出来一样。那上面一棵石楠也没有。

可是先是一个个满是青草的斜坡，上面铺满极其美丽的花花草草，有石蔷薇、虎耳草、茴香、薄荷，还有各式各样的芳香植物。

后来他跳下一块两英尺高的石灰石台阶。

然后又是一些花草。

后来又跳下一个一英尺高的石灰石台阶。

这里又是五十英尺长的一片花草，却像屋顶一样陡，汤姆只好坐在地上溜下去。

之后又来到一个石坡，有十英尺高。到这里他只好停下来，沿着边缘爬行，寻找一条石缝，因为如果他不小心滚下去的话，他就会一直滚到那个女人的花园里，这会把她吓晕过去。

后来，他找到一条又窄又长的石缝，里面黑黝黝的，长满了绿梗的羊齿草，就像人家客厅里挂在花篮里的那种羊齿草。他就这样手脚并用，沿着石缝爬下去，就像爬烟囱一样。然后又是一个斜坡,又是一个台阶,一个又一个。哦,我真希望他快点爬完,他也巴不得能快点结束这段旅程。不过他还是以为他能把一颗石子扔进那个女人的花园里呢。

终于他来到一处长满灌木的地方,那些白色的灌木长着巨大的银色叶子。那里还有杨树和橡树、山栎之类。树下面望去全是巉岩石和悬崖,石缝间夹杂着大片的羊齿漕和芦蒿。从树木中间可以望见那条闪闪发光的河流,还能听到河水流过白色的鹅卵石发出的声音。汤姆并不知道,这些都是在三百英尺之下呢。

如果朝下望去,你也许会觉得头晕;可汤姆并不觉得。他本来就是个勇敢的扫烟囱的小孩。当他发现自己站在一座高高的悬崖上面时,他不会坐在地上哭着叫爸爸(当然他也从来没有一个爸爸可以让他哭叫),他说:"啊,我正想这样呢!"他虽然已经很疲倦,但还是坚持走了下去。他爬过树桩和石头块儿、芦草和巉岩石、灌木丛和灯芯草,好像他天生就是个快乐的小黑猴,没有两只手倒是长了四只爪子似的。

从头到尾,他都没有发现那个爱尔兰女人一直跟在他的后面。

现在他已经筋疲力尽了。太阳高高地挂在沼泽地上空,火辣辣的快把他烤干了。那草木茂盛的山岩散发着潮湿的热气,更让他透不过气来。汗水从他手指和脚趾上冒出来,把他冲得干干净净，他还从没有这样干净过呢。可是，他所到之处都被他弄脏了，而且脏得很厉害。那座巉危岩就留下了一大块黑色的痕迹，从岩顶流到岩脚。而且从那时候起，凡谷比以前多了很多黑甲虫。不用说，这也是因为汤姆。原来那些甲虫正要去参加婚礼，都穿着一件蓝色的大衣，下身穿着红色的绑腿，艳丽得就像园丁养的一只狗，嘴里还衔着一束花。就在这时候，汤姆的汗水流到它们身上把它们染黑了，它们的子孙后代从此就都是黑色的了。

他总算走到谷底了。可是再一看，那还不是底。从山上往山下走的话，这是常常会发生的事。巉岩脚下有一堆一堆从上面掉下来的石灰石，大大小小各种形状的都有。小的和你的头一般大，大的有邮政马车那样大。石头中间的洞穴里生着香甜的羊齿草。汤姆还没有来得及这走完些石头，又暴露在太阳里。接着就像其他人一样，突然间，他觉得自己快不行了。

孩子们，如果你想像一个男子汉大丈夫那样度过你的一生，不管你有多强壮，你都可能会遇到几次支撑不住快要垮掉的时候。而且一旦你觉得自己的身体支撑不住了，你会发现自己的心情也会变得十分颓丧。我希望如果你将来遇到这一时刻，到时能有一个坚强忠实的朋友陪着你。如果没有的话，你就会像可怜的汤姆一样，只能就地躺下，等着瞧。

他不能再往前走了。阳光非常强烈，可他还是打着冷战。他肚里空空,可是却很想要呕吐。在他和那所农家屋子之间,只隔着一片二百英尺的平坦牧场,可他却走不过去。他似乎听到河水就在一块田地那么远的地方淙淙地流着。然而这河水在他看来,好像是在一百英里之外了。

他倒在地上一动不动,招来了黑甲虫爬上他的身体,苍蝇也飞来停在他的鼻子上。如果不是那些苍蝇蚊子对他发了善心,我都不知道他什么时候才能起来。那些蚊子在他耳边像打雷一样嗡嗡作响,那些苍蝇在他手上脸上干净的地方吮吸着。经过一番折腾,他终于苏醒过来。他歪歪倒倒地走起来,爬过一座矮墙,走过一条小路,来到农家小屋的门口。

那是一座整洁可爱的农舍,院子周围用紫衫做成的篱笆围起来,篱笆修剪得很整齐。院子里面也种着紫衫,修剪成孔雀、喇叭、茶壶还有各种怪模怪样的形状。门敞开着,里面传来一阵嘈杂的青蛙叫,似乎是在表明它们知道明天会很热。至于青蛙怎么知道天会热的,我就不知道了,你肯定也不知道,而且没人会知道。

门前盛开着铁线莲和蔷薇,汤姆慢慢踱到门口,向门里张望,心里不禁有点儿害怕。

屋子里有一个面目慈祥的老婆婆,她坐在壁炉旁,壁炉里放着一盆香草。她穿着红裙子和一件斜纹的短睡衣,头戴一顶干净的白帽子,帽子上面一条黑绸巾露出来,系在下巴上。她脚下坐着一只比所有的猫都要老的公猫。对面放着两条长凳,上面坐着十来个衣服整洁、脸色红润的孩子。他们在学字母,叽里呱啦地吵成一片。

真是一座令人喜爱的农舍呀!地上铺着亮闪闪的石板,墙上挂着古里古怪的画,一只古老的黑色碗柜里放满了雪白发亮的器皿,角落里有一座布谷鸟报时钟。汤姆刚一出现,那只布谷鸟立刻叫了起来。倒不是因为汤姆让它吃了一惊,而是因为那时刚巧是十一点钟。

那些孩子看见汤姆又脏又黑的样子,全都盯着他。女孩子们大哭起来,男孩子们则哈哈大笑,很不礼貌地向他指指戳戳。可是汤姆太疲倦了,顾不上这些。

"你是谁,你要干什么?"老婆婆叫道,"一个扫烟囱的!走,走,我这里不准扫烟囱的人进来。"

"水……"可怜的汤姆说,声音低得几乎听不清。

"你要水?屋后多的是。"她严厉地说。

"可我走不到那里。我又饿又渴,快要死了。"说完汤姆就倒在门口台阶上,头碰到了柱子。

老婆婆戴着眼镜对汤姆看了一分钟,两分钟,三分钟,终于说:"他病了。孩子总是孩子,一个扫烟囱的孩子也是孩子啊。"

"水!"汤姆说。

"天啊!"老婆婆叫了一声,放下眼镜,站起来走到汤姆面前,"水现在对你没有好处,我给你拿牛奶去。"

她走到隔壁房间去，拿回来一杯牛奶和一块面包。汤姆一口气把牛奶喝光，然后仰起脸来四处张望，看起来精神恢复了一些。

　　"你从哪儿来的？"老婆婆问。

　　"从那边的沼泽地来的。"汤姆指指天上。

　　"从哈特荷佛来，还翻过卢斯威特悬崖，你没有说谎？"

　　"我干吗要说谎呢？"汤姆说，把脑袋靠在门柱上了。

　　"你怎么能上得去的？"

　　"我就是从哈特荷佛庄园跑过来的，"汤姆又疲倦又灰心，根本没有心思编出一套谎话来，就是想编也来不及编，也就三言两语把事情经过全说了出来。

　　"上帝保佑你！你没有偷东西吧？"

　　"当然没有。"

　　"上帝保佑你！我相信你说的话。哦，上帝一定是因为这孩子清白无辜，才给他指路的！离开公爵府，走过哈特荷佛庄园，又翻过卢斯威特悬崖！如果不是上帝指引他，他哪儿能走这么远呢？你怎么不吃面包？"

　　"我吃不下。"

　　"这面包味道很好，我亲手做的。"

　　"我就是吃不下。"汤姆说，把头靠在膝盖上，又问道，"今天是星期天吗？"

　　"不是，为什么你觉得是星期天呢？"

"因为我听见教堂的钟声就像星期天时的钟声一样响亮。"

"上帝保佑你!这孩子一定是病了。你跟我来,我给你找个地方休息一下。如果你不是那么脏,看在上帝的份上,我就把你放在我自己的床上了。现在你到这边来。"可是汤姆站起来时,又疲倦又头晕,老婆婆只好扶着他走。

她把他领到屋外的一所茅草棚里,让他睡在一堆柔软芳香的干草上,草上还铺着一条旧毯子。她希望他睡一觉后身体不那么疲倦了。一个小时以后,等那些上学的孩子们走了,她再过来看他。

她吩咐完就进屋去了,以为汤姆立刻就会沉睡。

可汤姆并没有立刻睡觉。

他不仅没有睡觉,还在草堆上来回翻滚,手舞足蹈,完全不像样子。他觉得浑身燥热难受,很想跑到河里去凉快一下。后来他渐渐处于半睡半醒的状态,梦见那个洁白的房间里的洁白的姑娘向他喊:"哎,你太脏了,快去洗洗。"后来又听见那个爱尔兰女人说:"那些渴望清白的人,自然会得到清白。"

他还听见响亮的教堂钟声,就在他附近响着。尽管刚才那个老婆婆说今天不是星期天,但他觉得这天一定是星期天。因此他想去做礼拜,看看教堂里面是什么样子的。可怜的小家伙,他长这么大还从来没进过教堂呢。不过像他这样一身煤灰,教堂里的人是不会让他进去的。他知道自己得先到河里洗洗。他大声告诉自己:"我一定要把自己变干净一点,我一定要把自己变干净一点。"不过因为他当时还处于半睡半醒的状态,所以他并没有意识到自己说了这话。

突然间,他发现自己不再是躺在茅草棚里的干草上,而是站在一片草地中间,面对着一条路,前面就是那条小河。他继续自言自语:"我一定要把自己变干净一些,我一定要把自己变干净一些。"有些孩子生病的时候,常会在睡梦中从床上爬起来,到处乱走。汤姆也是这样,还在睡梦中呢,两条腿就走到草地上去。可是他自己一点不觉得奇怪。他来到小河边,躺在草地上,看着清澈的河水,河底的石子光亮洁净,一颗颗散发着光芒。水里的鳟鱼看见汤姆黑乎乎的脸,吓得四散而逃。汤姆把手浸在水里,发觉水非常清凉。他说:"我要变成一条鱼,在水里游泳。我一定要把自己变干净一些,我一定要把自己变干净一些。"

说完,他匆匆忙忙脱掉身上所有的衣服,他脱得太快了,有些衣服都被他撕坏了。不过这些衣服本来就破烂不堪,要再弄破点自然很容易。这时他把两只又痛又烫的脚伸在水里,后来干脆连两条腿也伸进去了。他越往水深处走,脑子里的教堂钟声就越响亮。

"啊,"汤姆说,"我一定要赶紧把自己洗干净。要不然一会儿钟声就会停止,那时教堂的门就会关上,那样的话我就永远进不去了。"

在这点上汤姆错了,因为英国的教堂在做礼拜时门始终敞开着,无论谁都可以进去,不管是教徒还是非教徒。不过汤姆不知道这一点也不奇怪。除此之外,许多大家都知道的事他都不知道呢。

汤姆并不知道那个爱尔兰女人也到了河里。这次她在汤姆来到小河边之前,就已经踏进清凉的河水中去了。她的披巾和裙子被水流带走了,绿色的水草漂到她腰际,白莲花浮在她的头上。河里的仙女们全从河底跑上来,用胳膊抬着她来到了水底。原来她是这些仙女们的仙后,还可能是其他仙女们的仙后呢。

"你到哪里去了?"仙女们询问道

"我去抚平病人的枕头,把甜蜜的梦吹进他们的耳朵里。我打开了村舍的窗户,把令人窒息的闷热空气放出去。我还劝导孩子们远离传染疾病的臭水沟和池塘。我拦住走进酒店的女人们,还要看住那些男人,不让他们打自己的老婆。我尽我的全力去帮助那些不愿意自己帮助自己的人,虽然还有很多事没做,但我已经很辛苦了。我还给你们带了一个新来的小弟弟,我一路上一直照看着他,一直到这里。"

那些仙女听说来了个小弟弟,全都开心地笑了。

"可是你们大家听好了,不能让他看见你们,也不能让他知道你们在这里。他现在还只是个野孩子,就像那些飞禽走兽一样。他还得向那些鸟兽学习,所以你们还不能跟他玩,也不能和他说话,甚至不能让他看见你们。你们只要保护他不受伤害就行了。"

那些仙女因为不能跟这个新弟弟玩而闷闷不乐。但她们一向都是很听话。

仙后又顺着小河往下漂流,她是要回到她来的地方去。这些汤姆当然都没有看见或者听见。即使他看见或者听见,我们的故事也不会有什么不一样。

这时汤姆又热又渴,而且迫切希望让自己变干净一些,所以急忙一头钻进清凉的河水里去了。

他钻进水里还不到两分钟,立刻就熟睡了。他长这么大还从没有睡得这样安详、这样畅快、这样舒适。他还做起了梦,梦见自己今天早上走过的草地、大榆树和那些睡着的牛。其他的他就什么都想不起来了。

他之所以能睡得这样快活,其实只是因为那些仙女收留了他。这其实很显而易见,但人们却并不明白。

有些人认为世界上是没有仙女的。但这个世界如此宽广,有的是地方让仙女们藏起来而不让人们看见。当然,如果人们找对了地方,还是能找到她们的。

要知道世界上最奇妙和最强大的正是那些人们看不见的东西。你是有生命的,正是生命促使你成长、行动和思索,然而你却看不见生命。再如,使机器运转的蒸汽就在蒸汽机里，可你却看不见它。那首老歌唱道："使这世界转动的是爱，爱啊，爱。"因此世界上很可能是有仙女的。

推动世界运转的，很可能就是那些仙女。只不过只有那些心灵应和着那首老歌的人才能看见她们。不管怎样，让我们先假装世界上是有仙女的吧。我们有时不得不假装，这不是第一次也不会是最后一次。不过这本来就是个童话，童话里怎么能没有仙女呢？你发现这里的逻辑了吗？如果没有，也不要紧。在读这样的书时，可以先别为什么逻辑而烦恼。等你慢慢长大，你自然会找到的。

这时已经是十二点了，孩子们放学了，那位好心的老婆婆回来看汤姆，可是汤姆不见了。她想去找他的脚印，可是地面很硬，一个脚印也看不见。

老婆婆生气地进屋去了，她以为汤姆编了一套假话骗了她，先是假装生病，然后找机会逃走了。

可是第二天她就知道自己的想法是错的。

现在该说说那些追兵了。当时约翰公爵和其他人还在追赶汤姆，全都跑得上气不接下气，直到不见了汤姆的踪影才回去了。他们的样子傻极了，看上去非常狼狈。随后约翰公爵听到老保姆说的情况，那些人就更傻了。

后来爱丽小姐，也就是那个穿白衣服的小姑娘，把全部情形说了出来。他们就更加傻眼了。她说，她当时看见了一个可怜的扫烟囱小孩，满面烟黑，呜呜咽咽的想要重新回到

烟囱里去。只是她当时被他吓得够呛,这也难怪,但事情就是如此。

这孩子房间里的东西一样也没有拿。从那孩子满是泥污的脚印可以判断,在老保姆来到之前,这孩子从没离开炉毯一步,这完全是个误会。因此,约翰公爵就让格林回去,并且还答应他,如果他肯把这孩子好好带过来,当面把事情说清楚,并且不打他,就赏他五个先令。

约翰公爵和格林都以为汤姆溜回家去了。可那天晚上,汤姆并没有回到格林先生家里。格林只好去了警察局,请警察打听汤姆的下落。但是警察到处都打听不到。他们做梦也想不到,汤姆已经跑过沼泽地,到了凡谷那边。这就跟汤姆跑到月亮上去一样让人不可思议。

第二天,格林先生苦着脸回到哈特荷佛庄园来。可是他到那里时,约翰公爵已经上山,到很远的地方去了。格林只好在佣人待的地方等了一整天,喝烈性麦酒解闷。因此早在约翰公爵回来之前,他的苦闷都烟消云散了。

原来前一天晚上,约翰公爵在床上怎么也睡不着。他对他的妻子说:"亲爱的,那个扫烟囱的孩子一定是跑到沼泽地里去,在那里迷了路。可怜的孩子,我的良心因他而非常不安。不过我总有办法去寻找他。"

因此,第二天一早五点钟,他就起床了。洗了个澡,穿上他的猎人服,套上绑腿,去了马厩。他的样子正像一个举

止得体的英国绅士,脸像玫瑰一样红润,手臂像桌子一样结实,背像公牛的背一样宽阔。他命令仆人把他打猎时骑的小马牵来,叫管家骑上自己的小马跟在后面。叫管猎狗的和他的手下,还有他手下的手下,和管家的助手一起牵来一条大猎狗。那狗有小牛那样大,用皮带拴着,狗身上的斑纹就像一条石子路,两耳和鼻子的花纹像桃花心木的花,叫起来嗓门像钟声一样洪亮。

那些人把猎狗带到汤姆逃进树林的地方。猎狗发出洪亮的叫声,把它知道的事情全都说了出来。

接着猎狗又把他们带到汤姆爬过的那个墙边。他们把墙推倒,跨了过去。那只聪明的猎狗又领着他们一步一步地走过那些沼泽。他们走得非常慢,要知道,经过一天的时间,再加上太阳一晒,汤姆的气味已经变得很淡了。不过老约翰公爵对此早有准备,他早上五点钟爬起来就是因为这个缘故。终于那猎狗走到卢斯威特悬崖顶上,它吠叫着,好像在说:"他就是从这儿下去的。"

他们几乎不相信汤姆竟然走了那么远。看到那个可怕的悬崖,他们无法想象汤姆是从那里下去的。可他们也知道狗是不会骗人的。

"上帝宽恕我们吧!"约翰公爵说,"这孩子如果能找到的话,也一定是在悬崖下面摔死了。"

他用结实的大手在腿上一拍,说:"你们谁愿意爬到卢斯威特悬崖下面去，看看那个孩子是不是还活着？唉，假如我年轻二十岁的话，我一定要亲自下去！"

后来他又说："谁要是能把这孩子活着救上来，我就赏他二十英镑！"他这么说，就一定能做到，他的作风一贯如此。

在这一群人里面，有一个小马夫。他真是一个很小的小马夫，上次就是他骑马到汤姆住的院子里，通知汤姆上哈特荷佛庄园来的。他说："二十英镑我倒不在乎，只是为了救这个孩子，我也要到卢思威特悬崖下面走一趟。这孩子说话非常有礼貌，再也找不到第二个像他这样的扫烟囱的孩子了。"

于是他就爬下卢斯威特悬崖。刚刚在悬崖顶上，他还是那样一个衣着整齐漂亮的小马夫，到了悬崖下面，立刻就成了个衣衫褴褛的叫花子了。原来他的绑腿被扯坏了，马裤也开裂了，上衣也撕烂了，背带也弄断了，皮鞋也磨破了，帽子也弄丢了。更糟糕的是，他把衬衫上的一根别针弄丢了。那是一根金子做的别针，小马夫一向很宝贝这根别针，所以丢了别针对于他来说的确是非常严重的事情，可是汤姆他怎么找都找不到。

这时候，约翰公爵和其余的人都已骑马绕了过来。他们先向右面走了足足三英里，然后再绕过来，好不容易进了凡谷，来到了悬崖下。

当他们走进老婆婆的学校时，孩子们全都跑出来看。老婆婆也来了。她一看见约翰公爵，就屈膝行了一个很大的礼，原来她是约翰公爵的房客。

"啊，太太，你还好吗？"约翰公爵说。

"祝你拥有像你的脊背一样宽的福气，哈特荷佛。"她不称他约翰公爵，而是叫他哈特荷佛，这是这一带的习惯说法。"欢迎你来到凡谷，这种天气里，难道你也来打狐狸吗？"①

"我是在打猎，而且找的是个特别的猎物。"他说。

"上帝保佑你，什么事让你今天早上一大早脸色这样难看？"

"我在找一个走丢的小孩，他是一个扫烟囱的孩子，从我那里逃出来的。"

"啊，哈特荷佛，哈特荷佛，"老婆婆说，"如果我告诉你这孩子在哪儿，你能不能保证不伤害这个可怜的孩子呢？"

"不，我决不会伤害他的，太太。我们那时只是出于一个很要命的误会，才来追赶他的。猎狗带我们追着他的踪迹，一直追到卢斯威特悬崖上，接下来就……"

老婆婆听到这里，不等他说完，就放声大哭了起来：

---

① 猎狐的季节是在秋冬时分，现在是夏天，所以老婆婆这样问。——译者注

"原来他告诉我的都是真的啊,可怜的孩子!一个人只要愿意听自己的心怎么说,他的心一定会把他引向正确的方向。"接着她就把全部事实告诉了约翰公爵。

"把狗牵到这儿来,让它去找汤姆。"约翰公爵只说了这么一句,就咬紧牙关再也不说什么了。那狗立刻搜寻起来。它跑到这农家屋子后面,穿过小路,跑过草地,进入了一片小赤杨丛。在赤杨丛里一棵赤杨树的树根旁,他们看见汤姆的衣服。这下子他们全都明白了。

那么汤姆到哪儿去了呢?

啊,现在该讲讲汤姆的奇遇记里最奇妙的部分了。汤姆醒来时,哦,他当然是会醒来的,孩子们睡饱以后,总是要醒来的,发现自己正在河里游泳。他吃惊地发现自己的身体只有四英寸长,说得更准确点,其实只有三点八七九英寸长。而且在他脖子周围长了一圈鳃一样的东西。汤姆以为这是花边装饰的领子,当他拉了拉觉得疼时才知道那是自己身体的一部分,所以还是不要去碰它的好。

事实上,那些水里的仙女们已经把他变成一个水孩子了。

一个水孩子?也许你要说怎么从没听说过有水孩子呀。这正是我要写这本书的原因。世界上有很多事情是你从来没听说过的。其中有些事以前没人听说过,还有些将来也不会有人听说。

你也许会说："世界上是不会有水孩子的。"

你怎么知道没有呢？你去找过吗？如果你去找过，就算你没找到也不能说就没有水孩子。就像如果加里在艾福来树林没找到狐狸，并不能说明世界上就没有狐狸。

你又可能说："但是如果真的有水孩子，应该有人抓到过一个吧。"

可是你怎么知道没人抓到过呢？

"如果有人抓到了，会把他装在瓶子里，送到生物学教授那里，听听他们说些什么。"

啊，亲爱的孩子，在故事的结尾你就知道了，这样的事没有发生。

难道真的就没有水孩子吗？陆地上有孩子，为什么就不能有水里的孩子呢？不是有水老鼠、水蝇、水蟋蟀、水螃蟹、水蝎子吗？不是有海狮、海豹、海马和海象吗？至于水里的植物，那就更多了。

蜉蝣、桤木蝇还有蜻蜓，小时候也是生活在水里的，长大以后才离开水。难道你不知道吗？汤姆也像那些动物一样换了皮肤。如果水里的动物能变成陆地上的动物，那陆地上的动物怎么就不能变成水里的动物呢？既然低等动物都能发生奇妙的变化，那高等动物身上为什么就不能发生更奇妙的变化呢？人类作为万物之灵，怎么就不能发生比其他生物更奇妙的变化呢？

关于大自然里的一切,如果你知道的并没有生物学家多,就不要对我说什么是不会发生的,也不要毫无根据地说什么东西是不可能的。

我是很认真地和你们说话吗?哦,当然不是。亲爱的孩子,要知道这只是一个童话故事。也就是说,是说着玩的,仅仅是假设,即使听起来都像真的一样,你也不必相信。

不管怎样,汤姆身上的确发生了一些变化。可是约翰公爵、管园子的人、马夫这些人却犯了一个错误。他们看见水里有一个黑乎乎的东西,以为那是汤姆的身体,他们就说他已经淹死了,一个个都很难过,至少约翰公爵是这样觉得。

他们完全搞错了,汤姆活得好好的呢,而且还从来没有那样干净和快活。你知道,那些仙女在急流里把他冲洗得一干二净,不但把汤姆身体外面的脏东西洗掉了,连他的外壳也被洗掉了。

真正的汤姆就从外壳里面被洗了出来,并且游走了。他就像那些蚕的幼虫一样,先用石头和丝做了一个茧,然后把茧钻破一个洞,从洞里钻了出来,仰面游到岸边,在岸上挣脱外壳,就变成飞蛾飞走了。这时的飞蛾有四只黄褐色的翅膀,长着长长的腿和长长的触须。飞蛾都是些小傻瓜,人家夜晚开着门,它们就会向蜡烛的火焰扑去。但愿汤姆比飞蛾要聪明一些。现在他已经安稳地脱去满是煤灰的外壳了。

可是因为约翰公爵并不是生物学会的会员,所以这些道理他一点也不懂。他满以为汤姆已经淹死了。当时他们翻了一下汤姆外壳上的口袋，发现口袋里面既没有珠宝首饰，也没有钱，有的只是三颗弹子和一个铜纽扣，上面系了一根线。这下约翰公爵可忍不住哭了，他还从来没有那样伤心地哭过呢。其实他根本没有必要这么痛苦地责备自己。

他这一哭，小马夫也哭了，管猎狗的人也哭了，老婆婆也哭了，小姑娘也哭了，老保姆也哭了（她以为这事多少要怪她），公爵夫人也哭了。可是那个管园子的人却没有哭出来，虽然他前一天早上对汤姆那么和善。他没哭是因为他平时追赶那些偷猎的人已经弄得筋疲力尽了，这时再想让他流出一滴眼泪简直就像从一块牛皮里挤出牛奶一样困难。格林师傅也没有哭，因为约翰公爵给了他十英镑，他一个星期就把钱全拿来喝酒喝掉了。

随后约翰公爵派人四处寻找汤姆的父母，可是恐怕等到世界的末日他还是找不到。那个小姑娘有整整一个星期不再玩她的洋娃娃，因为她心里永远忘不了汤姆。

在凡谷那个小墓园里，有许多石灰岩，那些凡谷的老居民都埋葬在岩石中间。不久，公爵夫人也在这里竖了块漂亮的小墓碑，在那里埋葬汤姆的外壳。那个老婆婆每个星期天都要在这座墓碑前放一个花圈。后来她老得实在走不动了，才由那些小孩子替她放。

她老是坐在那里着织她的结婚礼服，织的时候还总是唱着一首非常古老的歌曲。孩子们不明白她唱的是什么。虽然听不懂,但他们还是很喜欢听,因为那歌声很美,而且很悲伤,这对孩子们来说就行了。歌词是这样的:

"当时世界还很年轻,小伙子,
所有树木碧绿发亮,
所有的鹅都是天鹅,
姑娘们个个是女王,
骑上你的马,小伙子,
到世界各地去遨游;
年轻人的血液必须流转,
就像狗一定要出去遛遛。
当世界不再年轻,小伙子,
树木全都发枯发黄,
所有的游戏都变得乏味,
所有的车轮都派不上用场,
那就爬回家去找一个地方,
和那些老伙计待在一起;
上帝会让你找到一张脸庞,
那属于你年轻时爱过的那个姑娘。"

这就是歌词,但这只能算歌的外壳,歌是有灵魂的,这

首歌的灵魂是老婆婆温柔的脸，甜美的歌喉和她唱起来时带来的那种古老的氛围。可惜这种声音是无法用文字表达的。最后老婆婆完全走不动了，天使们只好把她带走。他们给老婆婆穿上她织的礼服，抬着她飞过哈特荷佛庄园，飞往更遥远的地方。之后凡谷又新来了一位女教师。

在这段时间里，汤姆一直在河里游泳。脖子上围着一个像鱼的鳃那样的花领子，好看极了。他像一条黄鳝一样活跃，又像一条刚出生的鲑鱼一样清爽干净。

现在，如果你不喜欢我的故事，可以回到教室里去背你的乘法表，看看你是不是会比较喜欢学那种东西。毫无疑问，肯定有些人是会喜欢那种东西的。有人喜欢，就一定会有人不喜欢。这是因为，这个世界是由各种各样的人组成的。

第三章

现在的汤姆已经是水陆两栖的动物了。你不知道两栖动物是什么意思?那你最好是去问问你的小学老师,他可能会迅速地像这样回答你:

"水陆两栖(Amphibious)。一个形容词,由两个古希腊的词根组成,'AMPHI',意思是鱼,而'BIOS',意思是野兽。我们没有多少知识的祖先认为有一种动物是鱼和野兽的混合体。这种动物就像是河马,既能在陆地上生活,也能在水里生活。"

无论如何,汤姆现在已经是两栖动物了。更让人高兴的是他现在变得非常干净。他长这么大,第一次觉得,身上什么都不穿真是太舒服了。但是他只是觉得很开心,他并不去想这件事的意义。就像你生活得很幸福,而且身体健康,然

而你并不想幸福和健康意味着什么。也许等你长大了，才会去思考这些。

他一点儿也不记得自己以前很脏了。事实上，他把以前的那些不幸全忘了。疲劳、饥饿、挨打或者被赶着去爬黑乎乎的烟囱，这些事他全都想不起来了。从那一次在河里美美地睡了一觉以后，什么格林师傅、哈特荷佛庄园还有那个穿着白衣服的小姑娘，他全都忘得干干净净。总之，他以前生命中经历过的一切，他全都不记得了。更叫人高兴的是，他从格林以及平时和他一起玩耍的野孩子那里学来的脏话他也都不记得了。

这也没有什么奇怪的。当你出生来到这个世界上时，你是来做一个陆地上的孩子，那时你是什么都不记得的。同样当汤姆变成一个水孩子时，他有什么理由要记得一些什么呢？

汤姆在水里生活得很快乐。他在陆地上时工作太劳累了，作为补偿，现在他在水里的世界会有很长一段时间的快活假期。在那里，他自由自在，尽情地享受着，看看水里那些美丽可爱的东西，其余什么事都用不着做。在水中，你从不会觉得太阳太热，冬天你也不会感觉太冷，真是个清凉舒适的世界啊！

那他吃什么呢？也许吃点水芹吧，或者是水粥和水奶。许多陆地上的孩子不也是吃粥啊奶啊这些东西吗？可是水中生物到底吃些什么东西,我们知道的连十分之一都不到,所以没办法说清楚这些水孩子到底吃什么。

有时候,汤姆沿着铺满沙砾的河底水道游,观看那些水蟋蟀在石头中间钻进钻出,就像陆地上的兔子一样。有时候,他爬上突起的礁石,看那些禽鸟成千成百地在空中盘旋,一个个都长了美丽的小脑袋和小腿,四周张望着。有时候,他躲在一个安静的角落,观察那些蜉蝣的幼虫吃腐烂的树枝,那样子就像你们吃蛋糕布丁一样,一副馋相。

汤姆还看到它们用吐出来的丝造房子,真是太有趣啊。它们就像想象力丰富的太太小姐们那样喜欢换花样,从不肯两天用同一种材料。一开始找来一些鹅卵石,后来再用几根绿水草把它们粘起来,后来再找来一个贝壳来粘上去。那只可怜的贝壳还活着呢,当然不情愿被人家用来造房子。可是那些幼虫根本不准它们哼一声,就像一些自以为了不起的人一样,既粗暴又自私。后来它又会粘上一片腐烂的木片,随后再加上一块很漂亮的粉红石子。就这样拼拼凑凑,后来,它的房子就像小丑的外套一样,浑身都是补丁。

后来它又找到一根稻草,差不多有它自己的身体五倍那样长。它说:"哈哈!姐姐有根尾巴,我也要有一根。"它把稻草粘在背上,得意洋洋地拖着尾巴到处跑。虽然这样走路很不方便,它才不管呢。

这一来,在那座池塘里的蜉蝣幼虫中间,尾巴成了流行的打扮。就好像幼虫们是在去年五朔节游行队伍的最前面，屁股后面全都拖着一根长长的稻草，摇摇晃晃地到处跑，彼此互相碰来撞去。那样子非常可笑，汤姆笑得连眼泪都流了出来，就像我们一样。可是，你知道，这些幼虫做得很正确，因为人都要赶时髦，就是现在流行的鸭蛋壳的帽子，看上去也不错呀。

有时候汤姆会跑到一处幽静的河段。在这里，他可以看到水森林。在你看来这些森林不过是些水草，可是你别忘了，那时汤姆的身体已经只有一点点小了，任何东西在他眼里，都比在你眼里要大一百倍。想想鲦鱼吧，鲦鱼捕食时能看见很小的水中生物，而你却只能在显微镜下面看到这些小生物。

在水森林里，汤姆还看见了水猴子和水松鼠。不过它们都是六条腿的。水里的各种生物，除了水蜥蜴和水孩子以外，几乎全都是六条腿。它们在树枝中间敏捷地窜来窜去。水森林里还开放着成千上万的花儿，那是水花。汤姆想去摘些花，可是他的手刚一碰到花上，那些花立刻就缩起来，变成一团黏糊糊的东西。汤姆这才知道，这些花全都是活的，有的像铃铛，有的像星星，有的像轮子，有的像花朵，形状和颜色各异。它们全都是活的，而且跟汤姆一样，都很忙碌。这时汤姆才明白，世界上的东西多种多样，比他原来知道的要丰富得多。

这里还有一个奇妙的小家伙,他从一个用圆圆的砖头造的房子里向外张望。他身上有两个大圆嘴巴,一个小圆嘴巴,嘴里有一颗颗牙齿,紧紧互相挨着。这些齿轮一样的嘴巴不停地旋转着,就像打谷机上的齿轮一样。

　　汤姆停下来盯着它看,想知道他会用这些齿轮干什么。你猜他会做什么?做砖头。他用他的两个大圆嘴巴把水底的泥浆扫在一起,再把那些美味的东西吃下肚,把剩下的泥浆放进胸前的那个小嘴巴里,像纺纱似的把烂泥做成一块圆溜溜的砖头,然后小家伙就把这块砖拿出来,放在它小屋的墙上,接着再去做下一块。哎呀,他难道不是一个聪明的小家伙吗?

　　汤姆也是这么想的。他很想和这个小家伙说说话,可是它忙着自己的活儿,根本就不理睬汤姆。

　　你应该知道,水里的所有动物都是会说话的,只不过它们的语言和我们的语言不一样,而是像马啊、狗啊、牛啊、鸟啊同类之间彼此交流时用的那种语言。汤姆很快就能听懂它们的话了,而且还会跟它们交谈。如果汤姆是个好孩子,他就可以交到许多好朋友。

　　可惜的是,他跟许多别的男孩子一样,都很喜欢抓捕和捉弄动物。当然他们并没有什么恶意,而是闹着玩的。有人说,小孩子天生就是这样,控制不住自己的。可是不管天生怎么样,小孩子应该能控制得住自己,而且一定要控制住自己。如果说他们天生要做那些淘气下流、捉弄别人的事情，那么那些猴子不也是这样的吗？难道他们就应当像猴子一样愚蠢地恶作剧吗？所以天生如此绝不能成为恶作剧的理由。小孩子们决不可以虐待动物。如果他们这样的话，一定会有一个老太太来给他们吃点苦头，那是他们活该。

可是汤姆并不知道这些道理。他向水里那些可怜的动物们扔石子儿，大喊大叫地吓唬它们，把那些小动物弄得很惨。后来它们全都怕了他，都离他远远的，或者干脆躲进自己的外壳里去。这样一来，就没有谁和汤姆说话，也没有人和他玩了。汤姆感到很难过。

那些水里的仙女们看到他这样都很难过，她们想告诉他不要再这样淘气，想教他表现得有点礼貌，还想和他一起玩。可是女王不准她们这样做。汤姆必须通过自己的切身体会来学习什么是好，什么是不好。就像其他那些傻人一样，就算有许多好心人想帮他们学好，但是真正能帮他们变好的只有他们自己。

后来有一天，他发现了一条石蚕宝宝，他很想知道它的房子里有些什么，可它房子的大门却紧闭着。汤姆从来没有见过石蚕宝宝的房子关着门，于是这个爱管闲事的小家伙，就把那个门给拉开了。

真害臊！你要是正躺在床上，会喜欢有不速之客破门而入吗？可汤姆却把那个无比精致的门打碎了。那扇门是用丝织的,上面镶着许多像水晶一样闪闪发光的小石头。他朝里面一看,一个石蚕宝宝伸出头来。它的脑袋像小鸟的脑袋一样。可汤姆和它说话时,它却什么也说不了。因为她的嘴和脸都还被一层粉红色的薄膜包着。

不过虽然这个石蚕宝宝没有说话,周围的那些石蚕宝宝却都叫了起来。它们举起手,像小猫一样尖声叫道:"你这个可恶的淘气鬼!你又在做坏事了!它刚要休眠半个月,然后就可以长出漂亮的翅膀来,翩翩起舞,还能产下很多卵。可你却把它的门给弄破了。现在她没法休眠了,她的嘴将有半个月都不能动,那样它只能等死了。谁叫你到这儿来害我们,让我们丢掉性命的?"

于是,汤姆羞愧地溜走了。可他却变得更加淘气了。那些小男孩就是这样,明明知道自己错了,却不肯认错。

后来,他来到一个池塘,在那儿看到一群小鳟鱼,他就开始捉弄它们,还想把它们捉住。可它们从他的指头间溜走了,吓得一齐蹦出了水面。汤姆追赶它们的时候,游近了一棵老桤树的树根,那里有一个很大的黑洞。忽然一条有汤姆十倍大的老鳟鱼从洞里窜了出来,向他直冲过来,把他吓得魂飞魄散。我真不知道他们两个谁受到的惊吓更厉害。

汤姆气呼呼地走开了,从此他更加孤单了。这得说是他罪有应得。

有一次他在一个河堤下发现了一个肮脏的丑家伙。这动物大约有他一半高,长着六条腿和一个大肚子,还有一个十分滑稽的脑袋,一张像驴子一样的脸上长着两只大大的眼睛。

"哦,"汤姆说"你长得可真丑啊!"说完就对着它做起鬼脸来。他把鼻子凑近,发出很大很粗的声音来,完全就像一个没礼貌的小男孩。

这时,那个驴脸一下子不见了,从原来那个地方伸出一只长长的手臂来,还带着钳子,一下子夹住了汤姆的鼻子。这只可怕的手臂并没有伤害汤姆,只是夹得非常紧。

"哎呀!噢,放开我!"汤姆忍不住叫了起来。

"那你也要放过我,"那个东西说,"我想要安静一会儿。我就要蜕变了。"

汤姆保证不再骚扰它,于是那手臂就放开了汤姆。

"你为什么要蜕变?"汤姆问。

"因为我的兄弟姐妹都会蜕变,变成长翅膀的漂亮动物,所以我也会那样的。别和我说话了。我马上就要变了。我要变了!"

汤姆静静地站着,看着那小东西。它在膨胀、裂开,身体向外挺出。最后只听见啪的一声——它的整个后背都裂开了,然后它的身体露了出来。从那个蜕下的外壳里,钻出了一个纤细、柔美的生命,就像汤姆一样光滑柔软,但却苍白虚弱,就像一个生病的小孩子在一间黑屋子里待了很久。它无力地移动着自己的腿,有些害怕地打量着自己,好像一个第一次走进舞厅的女孩子。然后,它就慢慢地沿着一根草茎,爬出了水面。

对于眼前发生的这一切,汤姆惊讶极了,只瞪大眼睛看着,一句话也说不出来。他也跟着浮上了水面,想看看接下来会发生什么事情。

当那个小东西来到温暖的太阳光下时,它身上发生了一种奇妙的变化。它变得坚硬强壮起来,身上慢慢出现各种漂亮可爱的颜色,蓝的、黄的还有黑的;有些是圆点,有些是条纹。它的背上长出了四片亮闪闪的棕色大翅膀,它的两个眼睛变得很大,几乎占据了整个脑袋,就像上千颗钻石一样闪闪发光。

"哦,你真漂亮呀!"汤姆说着,伸出手想去抓它。

可那个小东西呼地飞到了空中,张开翅膀在空中停留了一会儿,就又停在了汤姆身边,一点儿也不害怕。

"不!"它说道,"你抓不到我。现在我是一只蜻蜓了,是所有飞虫的国王。我要在阳光下翩翩起舞,在河流上盘旋,去吃蚊子,再找一个漂亮的小妻子,享受我美好的一生。我知道自己要做什么,多美妙啊!"于是它飞上天空,开始捕捉蚊子。

"噢!回来,快回来,"汤姆叫道,"你这个漂亮的小东西。我在这里一个朋友都没有,我太孤单了。如果你愿意回来，我再也不会捉你了。"

"你会不会再捉我，我才不管呢，"蜻蜓说，"因为你根本抓不到我。不过我得先吃饱肚子，再去四处看看风景，然后我还会回来的，和你说说我旅行时看到了些什么。天哪，这棵树多大啊！树上的树叶也这么大啊！"

这其实是一棵大酸模草。可你知道，除了水草，这只蜻蜓还从没见过一棵树呢。所以大酸模草在它看来就像是一棵高大的树。另外，它还是个大近视眼，所有的蜻蜓都是近视眼，离开鼻子之外一英尺就什么也看不见了。有些身体只有蜻蜓一半大的小东西，能看见的距离却和它差不多远呢。

那只蜻蜓真的又回来了，还和汤姆热切地聊起来。因为它觉得自己长得很漂亮，而且还有色彩鲜艳的大翅膀，难免有些自傲。不过考虑到它以前一直是一只肮脏丑陋的小虫子，所以现在它为自己感到自豪也是情有可原的。

它不停地谈论着那些自己在树林和草地上看到的奇妙的东西。汤姆也很乐意听它说这些，那些地面上的事情他根本就不记得了。不一会儿，他们两个就成了一对很要好的朋友。

让人高兴的是，那一天汤姆真的得到了一个很大的教训，这让他很长时间都不会再虐待小动物。后来那些石蚕宝宝对他也变得很温驯了，经常给他讲些奇妙的故事。讲它们怎么起房子，怎么换皮肤，最后又怎么变成长翅膀的飞蛾。

汤姆听了竟然巴不得自己像它们那样能换皮肤,有一天也像它们一样长出一对翅膀。

那些鳟鱼也跟他讲和了。虽然它们被汤姆吓了一大跳,还差点儿被抓住,可很快它们就忘记了。汤姆常和它们玩猎犬追野兔的游戏,大家都玩得非常开心。汤姆总想模仿那些鳟鱼,就像它们在大雨来时那样头朝下脚朝上跳出水面。可不知为什么,他总是做不了。

他最喜欢看的是鳟鱼跳起来抓飞虫吃。这样的情景他以前在陆地上可是从来也没有看见过。它们总是在那棵大橡树的影子下面兜圈子。那里常会有甲壳虫啪一下掉到水里,还有些绿毛虫无缘无故从树枝上吊着自己的丝挂下来,然后又同样无缘无故就改变自己先前的糊涂主意,又抓着丝把自己吊了上去,再用爪子把丝卷成一个球,紧紧地抓住。这是一个很聪明的走钢丝游戏,就连那些最高明的杂技团演员都做不到。可是谁也不知道,这些绿毛虫为什么要费这么大的劲儿这样做。杂技演员要靠走钢丝表演来谋生,所以不得不拼命,这些毛毛虫又不需要靠这个过日子。

当这些虫子碰到水的时候,汤姆就去捉它们。

他还捉到些赤蝇、跳跳虫、蜘蛛和短尾巴的蜉蝣,颜色有黄的、棕色的、紫红的还有灰色的。汤姆捉来的虫全送给他的朋友鳟鱼们吃。汤姆这样做也许对那些飞虫有点残忍,可是一个人有了能力,总得帮帮朋友的忙以表示友好啊!

最后他连飞虫也不捉了，那是因为他碰巧和一只飞虫成了朋友，并且发现它是个有趣的小家伙。事情的经过就是这样的，我说的可完全是真话。

那是七月里炎热的一天，汤姆正在水面上晒太阳，同时捉些蜉蝣给鳟鱼吃。这时他看见一只以前从没见过的飞虫，它长着深灰色的身子，黄褐色的脑袋。虽然它很小，可它觉得自己很重要，就像人们认为的那样。它昂着头，翘起翅膀，竖着尾巴，连尾巴尖上的两把小刷子都竖着。总而言之，它看上去神气极了。事实证明也是如此。你瞧他，看到了汤姆它非但不逃走，还跳到汤姆的手指上，勇敢地坐在那里。它用极其尖细的声音对汤姆嚷着："很感谢你的好，但我现在还不需要。"

"不需要什么？"汤姆问，看见它这样冒失，吃了一惊。

"不需要你的腿啊，谢谢你好意把腿伸出来让我坐，可是我得马上离开，去看望我的妻子。唉！有个家要照顾真是累！"

别听它这么说，其实这个懒惰的小混蛋什么事都不管，而是丢下它可怜的妻子一个人去孵蛋。

它继续说："等我回来，如果你还是这么好心，还这样把腿伸着，那时我倒可以来坐坐。"说完就它飞走了。

汤姆认为，这家伙有点厚脸皮。五分钟后，那家伙真的回来了，这让汤姆更加觉得它脸皮厚了。

"啊，让你久等了吗？嗯，你的另一条腿也伸出来吧。"说着它砰的一声跳上汤姆的膝盖，开始用尖细的嗓子谈了起来："原来你住在水底下面，那可不是个好地方。我也在那里住过些时候，那里又冷又脏。我实在待不下去了，必须另找去处。我总算有本事，爬了上来，还穿上这套灰色的衣服。这套衣服很气派，你觉得呢？"

"的确很整洁，还干净朴素。"汤姆说。

"是啊，一个人就应该整齐朴素，这样才会受人尊敬。不过说实话，有了自己的家庭以后，我对衣着什么的已经没什么兴趣了。我觉得，我有太多的事情要做。比如上个星期我为了生活，疲于奔命。现在我要换一套晚会上穿的衣服，出去逛逛，神气地潇洒一回。我要好好看看外面的花花世界，跳两场舞。一个人有什么理由不好好享受生活呢？"

"你的妻子怎么办呢？"

"啊！事实上，她是个平庸无趣的女人。她只知道生蛋。她如果愿意跟我出来，我很欢迎她，可她不愿意出来，那我只好随她去，我自己来了。"它说话的时候，脸色变得越来越苍白，最后一点血色也看不见了。

"你怎么啦，生病了吗？"汤姆说。可是它没有回答。

汤姆看着它站在自己的膝上，毫无生气，就像死了一样。

"你死了？"汤姆说。

"不，我没有死！"一个尖细的声音从汤姆头上传来，"我现在飞到你头上来了，穿着我在晚会上跳舞穿的衣服。你膝上的只是我蜕下的外壳。哈哈！这种把戏你不会变了吧！"

的确，这种把戏汤姆可不会，世界上所有的大魔术师都变不出来。原来那个小家伙已经把自己的躯壳完整地蜕下。那蜕下的壳上，眼睛、翅膀、大腿、尾巴一样不少。所以汤姆膝上剩下的那只外壳看上去就跟活的一样。

"哈哈！"它笑着说。

接着它飞快地跳来跳去，上上下下一刻也不消停。

"我现在是不是很漂亮了？"

它确实很漂亮了，现在它的身体是白色的，尾巴是橘黄色的，眼睛里闪烁着像孔雀尾巴那样的色彩。最奇妙的是，它尾巴尖上的小刷子已经比原来长了五倍。

"啊！"它说，"现在我要去看看这个花花世界了。我的生活用不了什么，你瞧，我没有嘴，内脏也没有，所以我永远不会饥饿，也不会肚子疼。"

它的确既不会饿也不会疼了。它现在像一根鹅毛管一样，内部空空，又干又硬。那些愚蠢自私、没心没肺的家伙就会变成它这样。可是对自己这样体内空空，它一点儿也不觉得惭愧，反而引以为豪，就像许多自以为漂亮的绅士一样。

它一边得意地上蹿下跳,一边放声歌唱:

> 我唱歌呀太太伴舞,
> 快乐的日子笑不停;
> 聪明人要做聪明事,
> 郁闷愁苦别留在心。

它就这样飞舞了三天三夜,最后疲累极了,掉进水里被水冲走了。后来发生了什么,汤姆就无从知晓了。就连那小家伙自己也不在意,因为汤姆听见它被水冲走时,还在唱着:"郁闷愁苦别留在心。"

如果它自己对自己要去哪儿都不放在心上,谁又要替他发愁呢?

有一天,汤姆碰到一件奇特的事。那时他坐在睡莲的叶子上,他的朋友蜻蜓和他在一起,他们在看蚊子跳舞。蜻蜓吃蚊子吃了一个饱,因为阳光太强烈,天气实在太热了,它就坐着一动不动,哈欠连连直打瞌睡。

对自己同类的死亡,那些蚊子毫不在意,仍旧十分快乐地在离汤姆头顶几英尺的地方飞舞。一只大苍蝇停在离蜻蜓鼻子不到一英寸的地方,用爪子洗洗脸,梳梳头。蜻蜓还是一动不动,仍然和汤姆聊着天,说它从前住在水底时发生的事。

突然,汤姆听见河流上游传来一阵奇怪的声音,又是咕咕咕,又是呼呼呼,又是呜呜呜,又是叽叽叽,就像有人把两只鸽子、九只老鼠、三只豚鼠和一只瞎眼的小狗放在一只口袋里,任由它们打闹吵嚷似的。

汤姆朝上游望去,看到的情景也是一样古怪。一个大圆球从上游向下游翻滚而来,一会儿像是一团棕色的毛球,一会儿又像是亮闪闪的玻璃球。可是那东西其实并不是一只球,它有时候散成无数小块,一团一团地飘散开,然后又聚拢到一起。它一直叫嚷个不停,而且声音愈来愈响。

汤姆问蜻蜓这是什么东西,可是蜻蜓怎么会知道呢。它是个大近视眼,虽然那东西离他们不过十英尺远,它却一点也看不见。汤姆只好自己一头钻进水里,找到一块光滑的石头靠在上面,仔细看着那东西。

那个球滚到汤姆身边时,汤姆一瞧,那原来是四五只美丽的水獭,每一个身体都要比汤姆大好多倍。它们在水里翻来滚去,扭打着,缠绕着,真是有趣极了,汤姆从来就没有见过。如果你不相信我的话,可以到动物园去,自己亲眼看看,在那里玩水的水獭,是不是世界上最快乐、最灵活、最优雅的动物。不过就是在动物园里,你恐怕也不一定能看得十分清楚。你可以早晨五点钟上沼泽地去,那里的池塘边有棵快要枯死的秃树,常有水獭在那儿出没。你可以趁机仔细观看一下。

其中最大的一只水獭看见了汤姆,它就从同伴中跳出来,用水里的语言口齿清楚地说:"快来,孩子们,有东西吃了!"它说着就向可怜的汤姆冲过来,眼露凶光,嘴巴大开,露出两排尖牙。

原来汤姆觉得它很美丽可爱,现在看见它这副尊容,自言自语地说:"一个人的外表根本不可靠。"他飞快地躲到莲花的根之间藏起来,然后转过身来对那凶恶的老水獭做鬼脸。

"你出来,"那个凶恶的老水獭说,"不然我就对你不客气了。"

可是汤姆在两节粗莲根中看着它,使劲摇动着莲根,不停地向它扮着各种吓人的鬼脸,就像他从前生活在陆上时,隔着栏杆向那些老太婆龇牙咧嘴一样。这当然不是有礼貌的人的作风,可你要知道,汤姆根本没有受过什么教育啊。

"走吧,孩子们,"老水獭摆出一副厌恶的姿态说,"那家伙根本没什么好吃的,那不过是只令人讨厌的水蜥,连池子里面那些最下等的狗鱼都不愿意吃它。"

"我才不是水蜥!"汤姆说,"水蜥是有尾巴的。"

"你就是只水蜥,"老水獭不容置疑地说,"我从你的两只手就看得出来,而且我知道你有尾巴。"

"告诉你我根本没有尾巴,"汤姆说,"你看!"他把自己漂亮的小身体转过来,当然和你一样是没有尾巴的。

老水獭如果想给自己找个台阶下，完全可以说汤姆是只青蛙，可话到嘴边又咽了下去。它和许多人一样，话一出口，不管是对还是错，就决不改口。

所以它回答说："我说你是只水蜥，你就是只水蜥，不配做我和我的孩子这种上流人士的食物。你可以在这里等着鲑鱼来吃你。"

它知道鲑鱼不会吃他，它只不过是要吓唬一下可怜的汤姆。

"哈哈！鲑鱼要吃掉你，我们再吃掉鲑鱼。"老水獭邪恶而残忍地笑着。水獭有时候就是这样笑的，你第一次听见这种笑，大概还会以为是鬼叫呢。

"鲑鱼是什么？"汤姆问。

"当然是一种鱼呀，它们可是大鱼呀，非常好吃的鱼。鲑鱼是鱼中之王，我们又是鲑鱼的王。"老水獭又笑了，"我们在池塘里追赶着鲑鱼，把它们赶得无处可逃，那真是些愚蠢的家伙。鲑鱼非常骄傲，欺负小鳟鱼和鲦鱼，可一旦看见我们来了，就立刻变得温顺起来。我们就把它们捉到，可我们才不会把它们整个吞下去呢。我们只咬破它们柔软的喉管，吸它们身体内甜美的汁水。啊，味道真是好极了！"它说到这里，舔了舔自己邪恶的嘴唇又接着说，"然后把这只扔掉，再去抓别的。鲑鱼就要来了，孩子们，它们很快就会来的。我能够嗅得出雨从海里过来了，哈哈，这下面到时候就会发一次大水,还有成天吃不完的鲑鱼,新鲜柔软。"

老水獭越说越得意,就接连翻了两个跟头,然后半个身子站在水里,咧开嘴大笑起来,就像一只野猫。

"它们从哪儿来的呢?"汤姆小心翼翼地问,他不禁有点害怕。

"海里来的,水蜥,它们从广阔的大海里来。在海里,它们本来可以过得很舒服。可是那些愚蠢的东西却从海里游过来,游到下游的那条大河里。我们就在这里等着它们。等它们往回游时,我们也追过去,紧跟在它们后面。我们在海里捉鲈鱼和鳕鱼,在海岸边快快活活地过日子,在海浪里搅动浪花,打滚,晚上舒舒服服睡在温暖干燥的岩缝里。啊,孩子们,如果不是那些可怕的人的话,我们的日子真是快乐啊。"

"人是什么?"汤姆问。可是不知怎么回事,他好像在问之前就已经知道了答案。

"两条腿的动物啊,水蜥。现在我要再好好看看你,如果你没有一根尾巴的话,他们倒和你很相像。"

它一口咬定汤姆一定是有尾巴的。"不过人比你大得多,他们真叫我们头痛啊。他们用钩子和钓线来抓鱼,有时候那些钩子会扎进我们的脚。他们会沿着石头放些罐子捉龙虾。我亲爱的丈夫上次出去给我找东西吃时,就被他们用鱼叉戳死了。那时候我躲在岩缝里,一家都没有吃的,因为海里风浪很大，鱼都不靠岸。但是人把我丈夫戳死了，我可怜的丈夫，我还看见他们把它绑在一根杆子上带走了。唉，孩子们，它是因为你们才送命的，它真是个可怜的听话的动物啊。"

老水獭说到这里，变得非常激动。碰到高兴的事时，水獭会非常激动，就像许多残酷而贪婪的人一样。这样的感情冲动对别人是一点好处也没有的。它庄重地带着孩子们向下游游去，汤姆也就看不到它了。

幸亏它走了。就在它走后不久，河边就来了七只粗暴的小猎狗。它们到处嗅着，吠叫着，这里刨那里挖，一路狂叫着寻找水獭。汤姆躲在睡莲中间，直到这些狗离开了才出来。

他一点儿也没有想到，这些睡莲正是仙女们变的，她们是来保护他的。

他一直想着刚才老水獭说的话，想它说到的大河和大海。他想着想着，十分渴望跑去看看。他自己也说不出什么缘故，越是想到大河和大海，他对自己住的这条狭窄的小河和他的这些同伴就越不满意。他要到宽广的世界去，去欣赏那里奇妙的景象。他相信，那个广阔的世界肯定充满了美妙的东西。

有一次，他起身向下游去。可是那里水很浅。碰到有浅滩的地方，他就没法躲在水里了，因为水太少了。

火辣辣的太阳烤他的脊背,烤得他非常难受。他只好游回来,在凉爽的池塘里静静地躺了一个多星期。

后来,在一个大热天的傍晚,他看到了一桩稀奇的事。

那天,他一整天都昏昏沉沉的,那些鳟鱼也在发呆。水面上有成千上万只苍蝇飞来飞去,可那些鳟鱼根本不想去捉,它们一动都懒得动,都在水底有石头遮蔽的地方打瞌睡。汤姆也躺着打瞌睡。水很热,让人很不舒服,汤姆很高兴贴着清凉的石头。

可是快到傍晚时,天忽然黑了下来。汤姆抬头一看,望见头上一大片乌云铺在小溪上方,左右的山峰都被笼罩着。他并不觉得很害怕,只是感觉十分安静。

没有一丝风,鸟鸣声也听不到。接着几个大雨点噼里啪啦地洒落在水里。有一滴刚好打在汤姆的鼻子上,吓得他赶快把头钻进水里。

接着轰隆隆的雷声滚过,闪电划过凡谷上空,马上又不见了。从这朵云到那朵云,从这座山峰到那座山峰,电闪雷鸣,连水里的石头都好像在发抖。汤姆在水里仰着头看着这一切,觉得这是他有生以来看到的最了不起的景象。

可是他不敢把头伸出水面,因为雨倾盆而下。还有冰雹,就像炮弹一样,打进水里,在水面激起团团浪花。不一会儿,水就涨起来,向下奔流而去。水越涨越高,而且越来越脏,里面有树枝、稻草、甲虫、腐坏的蛋、木头里的虱子、水蛭、杂七杂八的东西，形形色色，这个那个，什么都有，足可以装满九个博物馆。

汤姆在流水里快站不稳了，不得不躲进一块石头后面。可那些鳟鱼并没有躲避，而是从石头中间穿了出来，张大口吞吃那些甲壳虫和水蛭，你争我抢，十分贪婪。许多鳟鱼嘴里都咬着虫子游来游去，相互间拉拉扯扯，想要把虫子从别人嘴里抢走。

这时候，汤姆借着一闪而过的电光看见了一种新景象。整片水底到处都是大鳗鱼，它们翻滚缠绕，全向下游游去。

过去的几个星期，这些鳗鱼一直躲在岩石缝和泥洞里。汤姆平时一直看不到它们，只有在夜里偶然看见几次。现在它们全都匆匆忙忙地跑了出来，气势汹汹地和他擦身而过，把汤姆吓得目瞪口呆。当它们从汤姆面前经过时，他还能听见它们彼此之间在说："我们快快跑，快快跑。多美妙的雷雨啊！下海去啦，下海去啦！"

这时候老水獭也带着儿女们来了，它们扭动着身体向前冲去，几乎跟那些鳗鱼一样快。老水獭走过时，看见汤姆，就对他说："水蜥，你如果想开开眼界，好好看看这个世界，现在正是时候。孩子们，快来，不要理那些讨厌的鳗鱼。明天早上我们就有鲑鱼当美味的早餐了，下海去啦，下海去啦！"

这时又一道极亮的闪电划过，虽然只闪了千分之一秒，发出的亮光却超过了所有的闪电。在这瞬间的明亮里,汤姆望见了三个美丽的小姑娘,穿着白衣,互相用手臂钩着对方的脖子,顺着激流而下,大声唱道:"下海去呀,下海去呀!"汤姆肯定自己瞧见了她们。

"喂,停下,等等我!"汤姆喊。可那些美丽的小姑娘已经走远了。在轰鸣的雷声和怒吼的风雨声中,汤姆听见她们用清脆悦耳的歌喉唱着:"下海去呀!"

"下海去?"汤姆说,"大家都奔向海里了,我也要去。再见啦,鳟鱼。"那些鳟鱼都忙着吞吃小虫子,根本顾不上转身答话,汤姆也就不必痛苦地和它们告别了。

汤姆在风雨中由明亮的闪电指路,顺着激流向下游奔腾而去。他经过那些边上长了桦木的高大岩石。瞬间的闪电中,一切被照耀得如同白昼,一会儿又变得如同夜晚一般漆黑。汤姆又经过水流湍急的河岸与河岸下黑黝黝的洞穴,巨大的鳟鱼从洞穴中里朝汤姆冲来,以为汤姆是它们的美食。可那些仙女们狠狠地训斥了这些鳟鱼一顿,因为它们竟然敢招惹水孩子。那些鳟鱼只好闷闷不乐地回去了。

再往前去,汤姆经过一些急转直下的水峡和怒吼的飞瀑。那轰鸣澎湃的激流声把汤姆的耳朵几乎都震聋了,除了水声什么也听不见。有时汤姆的眼睛也一片模糊,几乎看不清了。一路上,汤姆还经过深深的水潭,潭里白莲花盛开着,在狂风和冰雹中颠簸摇摆。还有那沉睡的村庄,黑黑的

桥洞。汤姆就这样向着大海游去，离自己的过去越来越远，想停都停不下来，更何况汤姆根本就不打算停下来。他要去看下游的广阔世界，看看那里的鲑鱼、海浪和那汪洋大海。

等到白天来临时，汤姆发现自己已经离开了小溪，来到了那条鲑鱼河。这条河足足宽一百英尺，从池塘流向浅滩，从浅滩流向池塘。它流经满是沙石的广阔田野，流经橡树和白杨树的绿荫。它从低矮的石壁前经过，从碧绿的青草地前经过，从一所灰岩造的房子和一座美丽的花园前经过，从地势很高的沼泽地前经过，还经过一座煤矿，那里有两个烟囱直指蓝天。

不久他到了一个新的地方。那里的河面变宽了，形成一片宽广的浅滩。汤姆从水里伸出头来张望，几乎望不到岸。

到了这里，汤姆心里有点害怕起来，只好停下了。

"这一定就是海了，"他想，"多么广阔啊！如果我继续向前游，一定会迷失了方向，或者遇到什么怪物。我还是等在这里，等等水獭、鳗鱼，或者其他的东西，问问它们该往哪里走。"

他就往回游了一点，在河流开始变宽的地方找了一个石缝，藏了进去，等着有谁来了问路。可是水獭和鳗鱼已经到他前面很远的地方了。

经过一夜奔波，汤姆已经十分疲倦，他在石缝里等啊等啊，就不知不觉睡着了。当他醒来时，那片河水虽然水位还是很高,但已经变得像琥珀一样透明。过了一会儿,河里来了一样东西,汤姆一看惊讶得几乎跳起来。他一下子就看出来了,这就是他想看的东西啊!

好大的鱼啊!比最大的鳟鱼还要大十倍,比汤姆更是大上一百倍。那鱼逆流而上,游过汤姆面前,就跟汤姆顺流而下一样容易。

好美的鱼啊!从头到尾都闪着银色的光芒,零星点缀着红色的斑点。一只巨大的弯钩鼻,巨大的弯嘴唇,巨大明亮的眼睛,就像个国王那样顾盼自得,审视着两侧的水域,仿佛那全是它的领土似的。这一定是鲑鱼,那水中之王!

汤姆非常害怕,很想躲进洞去。其实他根本没必要害怕,因为鲑鱼是个真正的绅士。它们是很骄傲,可从不伤害任何人,也不会和谁吵架。它们只顾忙着自己的事情。

鲑鱼仔细看了汤姆一眼,对他毫不在意,继续向前游去。它的尾巴唰唰两下,打得河水飞溅翻腾。几分钟后,又来了一条鲑鱼,接着又来了四五条,不断游过汤姆的面前,用它们逆流而上,闪着银光的尾巴用力击打着水流,跳进瀑布。它们的身体不时跃出水面,跳过岩石,刹那间在阳光下闪着美丽耀眼的光芒。汤姆高兴极了,他简直觉得看一整天也愿意。

后来又来了一条鲑鱼,比其余的鲑鱼都大。但它游得非常慢,有时还停下来回头望望,好像很着急的样子,而且看上去很匆忙。很快汤姆就看出来它是在帮助另一条鲑鱼。那是一条尤其美丽的鲑鱼，从头到尾都是纯银色，身上一个斑点都没有。

"亲爱的，"大鲑鱼跟它的同伴说，"你看起来真的累坏了，刚开始的时候你不要拼命用力。来，在这块石头后面休息一下吧。"说完，就用鼻子轻轻地把它推到汤姆坐的那块岩石这边。

你应该知道，这就是那条大鲑鱼的妻子啊。鲑鱼也像一个真正的绅士一样，总替自己选择一个妻子，而且全心爱着自己的妻子，忠诚地为它服务，为它而战，就像一个真正的绅士做的那样。它们和那些庸俗的鲤鱼、梭鱼之辈不一样，它们那些粗俗的鱼既没有高贵的感情，也不关心它们的妻子。

这时鲑鱼看见了汤姆。它恶狠狠地盯着着汤姆好一会儿，好像要吃掉他似的。

"你在这儿干吗？"它凶巴巴地说。

"呀，你不要伤害我！"汤姆叫道，"我只不过想看看你。你是多么美呀。"

"哦，真的？"鲑鱼严肃而有礼貌地说。"真对不起。我知道你是什么动物了，小家伙。我以前也遇到过一两个像你一样的小家伙，他们都很可爱，而且举止得体。事实上，他们当中的一个对我非常好，最近还帮了我一个大忙呢，真希望我能够报答他。我希望我们在这儿不会碍你的事,等这位夫人休息好了,我们立刻就上路。"

它真是条有教养的鲑鱼啊!

"你以前见过我的同类吗?"汤姆问它。

"看见过好几次呢,亲爱的。就在昨天晚上,河口来了一个水孩子,向我和我的妻子发出警报,说从去年冬天起,河里不知什么时候被人撒下了新网。他还彬彬有礼地带我们绕过了那危险之地。这种盛情真是太让人感动了。"

"原来海里也有水孩子,"汤姆说,拍起手来,"那么我在海里可以有人一起玩了吗?太好了!"

"这条河的上游难道没有水孩子吗?"雌鲑鱼问。

"没有。所以我感觉很孤独。昨天夜里我好像看见了三个,可是他们一眨眼就不见了,到大海里去了。所以我也要下海去。除了蜉蝣、蜻蜓和鳟鱼之外,简直没有人和我一起玩。"

"哼!"雌鲑鱼说,"那些都是低级的朋友!"

"亲爱的,他虽然跟低级动物在一起,但并没有沾染到它们的不良习气。"雄鲑鱼说。

"的确没有,可怜的孩子,和那些低级动物生活在一起真是太不幸了。那些蜉蝣的确有六条腿,真是讨厌的东西。蜻蜓也是,吃起来还一点味道都没有。我吃过一次,咬起来很硬,里面又没有什么东西。至于那些鳟鱼,大家都知道它们怎么样。"说到这里,它就噘起嘴,露出鄙夷的神气。它丈夫也跟着它噘起嘴来。

"为什么你们这样不喜欢鳟鱼呢?"汤姆问。

"亲爱的,只要能避免提到它们,我们总是不提它们。可惜,它们也是我们的亲戚,但很不守信用,只能丢我们的脸。很久很久以前,它们也和我们一样。可它们变得又懒又馋,而且胆小。它们不愿意每年到大海里去,看看宽广的世界,让自己的头脑充实起来,让自己的胸襟开阔起来。它们宁可在浅水里游荡,吃些虫子糊口。因此它们变得又脏又丑,浑身棕色的斑点,身材也十分矮小。这真是老天有眼。不仅如此,它们变得不管什么都吃,连我们的孩子也吃起来了。"

"后来它们又想和我们攀亲戚,"雌鲑鱼说,"的确,有一个竟然向我们的女王求婚,真是恬不知耻。"

"我希望我们当中的女孩子,"雄鲑鱼说,"全都不要理睬这种东西。我如果看见有这种事情,我觉得我有责任当场把双方都打死。"老鲑鱼说这话的口气就像一个纯正的西班牙老贵族一样,总以为对方卑鄙可耻,自己决不能饶恕对方。

第四章

分别的时候,汤姆告诉鲑鱼要小心那个恶毒的老水獭。鲑鱼离开岩石,向上游方向去了。汤姆继续向下游游去,他游得很慢,极其小心,大部分时间都沿着岸上游。他游了好多天,他离大海还有好几英里的路呢。要不是那些仙女在暗中给他引路,他也许永远都游不到大海。但他看不见仙女们美丽的脸庞,也感觉不到她们温柔的抚摸。

在通往大海的路上,汤姆经历了一次历险。那是九月里一个晴朗美妙的夜晚,明亮的月光照在水面上。尽管汤姆紧闭着眼睛,可还是睡不着。最后他只好浮到水面上,在一小块石头上坐着,抬头望着那个橙黄色的大月亮。他琢磨着那是个什么东西,他还觉得月亮也在看着他呢。

这时水面上波光粼粼,远远望去,枞树顶上黑黝黝一片，草地上好像铺着一层银霜。猫头鹰呜呼呜呼地叫着，沙锥鸟哀哀鸣叫，狐狸吠叫着，水獭笑声清晰可辨。白桦树发出淡淡清香，远处沼泽地里飘来一阵阵石楠的香甜气味。

汤姆欣赏着眼前这些景色，非常开心，可是他说不出为什么。当然，如果换了你，在九月的这样一个夜晚，浑身湿淋淋地坐在那里，身上一件衣服也没有，你一定觉得很冷。可汤姆是个水孩子，所以他就和鱼一样，一点儿不觉得冷。

突然，他看见一个美丽的情景。一片明亮美丽的红光沿着河边移动着，映在水里，成了一条长长的火焰。汤姆原本就是个好奇的小调皮鬼，当然非得去看看那是什么。他就向岸边游去，那道光在一块矮石边缘的上方停下了，那石头下面的水很浅。就在火光下面，有五六条鲑鱼躺在那里，张着大大的突眼睛，仰头望着火焰，尾巴摆来摆去，好像非常高兴似的。

汤姆浮了上来，想把这奇妙的景象看看清楚，但他立刻就钻进水里去了。

他听到一个声音说："那是一条鱼。"

汤姆不知道这话是什么意思，但那声音好像听来很熟悉，而且汤姆好像还知道说话的是什么动物。

他看见岸上站着三个两条腿的巨大动物，其中一个手里拿着那道光，那光燃烧着噼啪作响。另一个动物手里拿着一根长竹竿。汤姆知道那是人，心里非常害怕，就爬进一个石洞里,从洞口可以看见外面发生的事情。

那个拿着火光的人弯下腰,仔细地看着水面,然后说:"小伙子,抓住那个大家伙,它大概十五磅都不止。手抓稳了。"

汤姆觉得危险要降临了。那些愚蠢的鲑鱼像中了邪一样,一直张大眼睛望着那火光,汤姆真想警告它们一下那里的危险。可是汤姆还没想好怎么做,那根长竹竿就戳进水里了。水里响起一阵可怕的水声和鱼的挣扎声。汤姆看到,那条可怜的鲑鱼已经被戳穿身体,被人提出水面了。

这时后面另外三个人向这三个人扑过来,只听到一片叫喊声和打斗声,还有许多骂人的话。那些话汤姆觉得好像以前也听见过。现在他觉得这些话十分陌生,又有些不对劲,听上去非常刺耳,而且非常讨厌。

汤姆这时想起了过去的事情。他知道这些都是人,他们正在互相打斗,汤姆过去无数次看到过这样的行为。他们不要命地打着,野蛮极了。

汤姆捂住两只耳朵,恨不得赶紧离开那个地方。他很庆幸自己是个水孩子而不是个人。他再也不用理睬那些下流的人们,那些穿着肮脏的衣服,嘴里说着肮脏的话的人们。

可汤姆不敢从洞里跑出去,因为那些管园子的和偷猎的人正在上面争抢打斗。他们把石头踩得震动摇晃起来。突然,哗啦一声响,一道光一闪,可怕极了。接着是一阵咝咝作响，最后一切都安静了下来。

原来其中一个人掉进了水里，就掉在汤姆附近，正是先前那个拿火把的人。那人在湍急的水流里沉了下去，身子打了好几个滚。

汤姆听见岸上的人沿岸奔跑着，好像在寻找落水者。但是那个人已经被水冲到河底一个很深的洞里，在那里一动不动地躺着，那些岸上的人再也找不到他了。

汤姆等了很久，直到一切都寂静下来，他这才从洞口探头向外张望，望见那个落水的人就躺在那儿。他鼓起勇气，向那个人游去。他想："也许河水让他睡觉了，就像我从前掉到水里那样。"

他又向那人身边游近一点，心里越来越好奇，他也不知道是为什么，他觉得自己一定要去看看那个人。当然他必须轻手轻脚，不能惊醒他。于是汤姆就绕着那个人游了一圈又一圈，离他越来越近。见那人丝毫不动弹，就靠近去看那人的脸。

月光非常明亮，汤姆把那人的脸看得一清二楚。他盯着他看，这时他渐渐想起来了。这人就是他原来的那个格林师傅。

汤姆转身就游走，游得飞快，想要尽快离开格林。

"哦，天哪！"他想，"现在他也要变成水孩子了。真是讨厌，这下麻烦了，他是这样一个人！他如果看到我，又会来打我来了。"

于是,汤姆就向上游游去,整个晚上他都在一棵赤杨树的树根下面。可到了早上,他又想到下面水潭那儿去,看看格林师傅有没有变成水孩子。一路上他游得很小心,不时躲在那些石头后面张望,时而又藏在树根下面。

格林先生依然一动不动地躺在原来的地方,他可没有变成水孩子。下午汤姆又来了一趟,他一心要弄清楚格林师傅会变成什么。可这一次格林师傅却不见了。汤姆以为他一定变成水孩子游走了。

可怜的小家伙根本不用那么紧张,格林师傅并没有变成水孩子,也没有变成别的什么东西。可汤姆就是一直不放心,很长一段时间里都担心会在哪里迎面撞上格林。他绝没有想到那些仙女们已经把格林带走了。凡是掉在水里的东西,仙女们都有个地方安放,格林师傅也是放在这个地方。

不过,你要知道,这种事情对格林师傅是有好处的,因为他再也不能偷别人的鲑鱼了。事实上,对于一个彻头彻尾的偷鱼贼,唯一救他的办法就是把他在水里浸泡二十四个小时,就像格林这样。

你现在明白了吧,你长大成人后,你的所作所为一定要像那些诚实正派的人一样,千万不要去偷人家河里的鱼或者庄园里的野味,最好连碰都不要去碰它。如果你能做到这点,人家就会认为你是个诚实的人,也会像对诚实的人那样

对你。说不定还会带你四处游玩一番,肯定不会把你扔到河里,或者叫你偷东西的贼。

汤姆不敢靠近格林,于是就向下游游去。他这一次走的时候,溪谷中变得凄凉忧伤起来。红色的叶子和黄色的叶子像雨一样飘落到河里,苍蝇和甲虫全都死去了。秋天里的浓雾笼罩着山顶,有时候甚至铺上了河面。到处都雾蒙蒙的,汤姆都分不清方向了。虽然汤姆看不见,还好能顺着水流的方向摸索着前进。

他就这样一天天向前游,途中经过许多大桥,许多小船和驳船,经过那座大城市和城市的码头,经过磨坊以及冒着黑烟的大烟囱,经过下锚的轮船。这些轮船在水面上晃悠着。有时候汤姆撞在这些船的锚链上,他很好奇那是什么,于是就把头伸出水面来张望。当他远远地看到有些水手在船上边游荡边抽着烟时,急忙又钻进水里去。因为他怕被人捉到,再把他重新变成一个扫烟囱的小孩。

汤姆并不知道仙女一直在他身边保护着他。仙女们遮住那些水手的眼睛,不让他们看见汤姆。仙女们也不让他接触磨坊的水槽、下水道的出口和其他一切肮脏危险的东西。

可怜的汤姆,这一次的旅行对他来说真是太无聊了。他多么想回凡谷去啊,想和那些鳟鱼在夏日晴朗的阳光下嬉戏,但这是不可能的。过去的事情就过去了,再也不会来了。就像人长大以后再也不能回到小时候了,就是水孩子也一样,是不能回到过去的。

对像汤姆这样一心想出去看看外面广阔世界的人来说,那是一次劳累伤神的旅行。如果他没有灰心失望,没有半途而废,一直勇敢地继续前行,直到目的地,那将十分幸运。

汤姆正是一个勇敢坚毅的孩子,就像是一条英勇无畏、志向远大的英国哈巴狗。他从来就不知道失败是什么。他坚持向前游,终于有一天,他透过雾远远地望见水面上有一个红色的浮标。他惊奇地发现水流竟然转了个方向,向陆地涌去。

当然这是因为潮水的缘故,可汤姆就不知道什么是潮水。他只是感觉到,他周围的淡水在一分钟之内忽然变成了咸水。接着他觉得自己的身体也发生了变化,变得强壮、轻松、精力充沛,好像自己的血管里流的都是香槟酒。他接连三次完全跳出了水面,跳离水面两三英尺高,就像鲑鱼第一次接触到高贵富饶的咸水一样。他自己也对此莫名其妙。而有些饱学之士告诉我们,这咸咸的海水是所有生物的母亲啊!

潮水拍打着汤姆,可汤姆一点儿也不怕。那个红浮标看得越来越清楚了,在大海里欢快地跳着舞。他要去浮标那里,他立刻就游了过去。

他游过大群的鲈鱼和鲻鱼,它们蹦跳着追逐小虾。但汤姆没注意到它们,那些鱼也不理汤姆。有一次,他遇到一头巨大的海豹，它浑身乌黑发亮。这只海豹正追赶着那些鲻鱼，想把它们当成自己的美餐。海豹把头和肩膀伸出水面，瞪眼望着他，那样子很像一个油光满面的黑胖子。

汤姆一点儿也不害怕，而是说："你好，先生。大海是多么美丽啊！"

那只老海豹并不打算咬他，而是用温和且带着睡意的眼睛，眨呀眨地看着汤姆说："你好，小伙子。你是在寻找你的兄弟姐妹吗？他们全在外面玩，我刚才看见了他们。"

"哦，那么说我总算找到伙伴了！"汤姆说。

他游到浮标那里，爬上去坐了下来。这时他已经气喘吁吁了。他向四面张望，到处寻找别的水孩子。可他一个水孩子也看不到。

潮水带来了清新的海风，吹散了浓雾。细浪在浮标周围跳舞，老浮标也跟着一起跳舞。一块块云彩的影子在明亮的蓝色大海湾上奔跑，它们之中没有谁能追上别人。海浪欢叫着扑向广阔的沙滩，跳过岸边的岩石，想看看石头后面的绿色田野是什么样的。可它们摔了下来，撞得粉碎，但它们一点也不在意，重整旗鼓，又冲了上来。

长着黑头白身的燕鸥在汤姆头上飞翔，远远望去就像许多巨大的蜻蜓。海鸥的鸣叫声就像姑娘们在嬉闹着。还有海鹬，长着红嘴巴和红色的细腿，沿着海岸来回飞翔，它们的叫声十分甜美，同时又带着极强的生命力。

汤姆用心看啊,听啊。这时他如果能看到水孩子,他就会更快乐了。后来潮水退了,他离开浮标,在周围游来游去,寻找水孩子。可他一无所获。有时候他好像听到了他们的笑声,可那只是海浪的笑声。有时候他以为自己在水底看见了他们,可那只是些白色和粉红色的贝壳。

有一次,他相信自己找到了一个水孩子,因为他看见沙里有两只明亮的大眼睛在向外窥探。他立刻钻进水里,用手把沙子刨开,一边刨一边叫:"不要躲起来,我急着要找一个人一起玩呢!"忽然一条大比目鱼从沙里跳了出来,翻着难看的眼睛,歪着嘴巴,从水底扑通游走了,还把汤姆绊了一跤。汤姆在海底坐下,失望极了,咸咸的泪水从眼里流了出来。

可怜的汤姆,游了那么远,经历了那么多的危险,仍然一个水孩子也找不到!真是痛苦啊!的确如此,可是人要实现自己的愿望,一定要耐心等待,而且一定要好好努力。就是小孩子也不能想要什么就得到什么。小朋友,这个道理将来你一定会明白的。

汤姆在浮标上坐了许多天,许多星期。他望着远处,希望那些水孩子有一天会出现。可他们一个也没有出现。

海里有各种各样奇怪的生物,汤姆就向它们一一打听,问它们有没有见过水孩子。有些说见过,有些说根本就没有水孩子这种东西。他问那些鲈鱼和鳕鱼,可它们只知道追着小虾跑，根本没时间理汤姆。

后来来了一大群紫色的海蜗牛，每一只海蜗牛背上都背着一块满是泡沫的海绵，它们一只接一只地游了过来。

汤姆说："请问你们从哪里来？美丽可爱的小生命！你们见过水孩子吗？"

海蜗牛们答道："我们自己也不知道我们从哪里来，我们要到哪里去，谁又能说得清呢？小小的我们一直在大海里漂浮，头顶上沐浴着温暖的阳光，脚下触摸着温暖的洋流，这样我们就很满足了。哎呀，也许我们曾经见过水孩子。一路漂来，我们看见过很多稀奇的东西呢。"海蜗牛说完又游走了，全都上了岸上的沙滩，他们真是只知道享受快乐但不动脑子的生物啊！

后来又来了一条懒洋洋的大翻车鱼，有半头肥猪那样大，样子也像是身体被切开了而且放在衣橱里压扁了一样。它的鳍几乎和身体一样大，嘴却长得很小，就和兔子的嘴一般大，和汤姆的嘴比也没大多少。汤姆向他打听水孩子时，它用尖细的声音回答道：

"这个我可不知道，我自己都迷路了。我本来打算去齐撒比克湾的，恐怕我已经弄错方向了。天哪，都是因为我跟着那道温暖的洋流游才会走错路的。我肯定迷路了。"

汤姆还想和它说话，它只是说："我迷路了。别再烦我了，我要好好想想呢。"可是跟其他许多人一样，它越想动脑筋,脑筋就越是不灵光。汤姆看到它一整天都在东游西荡,最后那些海边守卫的人看见它露出水面的鳍,就划着船过来,用一根鱼叉戳进它的身体里,把它带上岸了。他们把它带到大城市里去展览,来看它的人一人付一个便士,一天下来就赚了不少钱。不过这些汤姆当然不知道。

接着来了一大群海豚,它们是打着滚来的。爸爸妈妈带着孩子们,全都油光发亮。原来那些好心的仙女们每天早上都要给它们上法式亮光蜡呢。它们游过汤姆身边时,发出轻轻的叹息声,这鼓舞了汤姆大胆地上前和它们打听水孩子。可它们只是说:"嘘,别说话!嘘,别说话!嘘,别说话!"原来它们只会说这一句话。

随后又来了一大群晒太阳的鲨鱼。它们中的有些大的有一条小船那样大,汤姆看见了十分害怕。但这些鲨鱼都很懒,脾气也很好,和那些凶恶的大白鲨、青鲨、地鲨和锤头鲨完全不一样。还有些鲨鱼是吃鲸鱼的,像长尾鲨和冰鲨就是的。

那些好脾气的鲨鱼过来了,用自己巨大的身体去摩擦那浮标,背鳍则露出水面晒太阳。它们向汤姆眨眨眼睛,可汤姆却没办法和它们说话。原来它们鲱鱼吃多了,脑子变得一点儿也不灵光了。后来一只运煤的双桅帆船开过来,把那些鲨鱼全吓跑了。汤姆看它们逃跑了,很开心,因为这些鲨鱼气味很难闻,它们在这儿的时候,汤姆一直把鼻子捂得紧紧的。

后来又来了一个美丽的动物，它的样子就像一根纯银打造的缎带，尖尖的头长长的牙齿，可是好像一点儿也没有精神，像是得了大病一样。它有时无力地侧着身子向前滚一下，有时又像火光一闪飞得很远，接着又像病入膏肓的人一样躺着一动不动。

"你从哪里来？"汤姆问，"你怎么病得这样厉害？"

"我是从温暖的南卡罗来纳州来的，那里的沙滩上长着一排排松树。潮水来时，那些大魟拍击着潮水，就像大蝙蝠一样。但我却随着温暖的墨西哥洋流向北方游荡，最后遇到了漂浮在大海中央的寒冷冰山。我在冰山中间迷失了路，快被冰山上的寒气冻僵了。是那些水孩子把我从冰山中间救了出来，让我重获了自由。现在我的身体一天天好起来了，不过精神还没有完全复原。我怕我再也不能回到老家和那些魟玩耍了。"

"哦！"汤姆叫出来，"你见过水孩子吗？你在这附近见过他们没有？"

"见过。昨天晚上他们还救了我呢，要不是他们，我早就到一条大黑海豚的肚子里去了。"

这多让汤姆懊恼啊！水孩子就在他的附近，他却一个都没有看到。

汤姆离开了浮标，他常常沿着沙滩，或者在岩石的周围寻找。有的夜晚他从水里出来,坐在海草中间伸出的一块石头尖上,在十月的低潮里,叫喊着水孩子,可是一直没有人回应。因为他这样忧愁烦恼,身体就一天天消瘦下来。

有一天,他在岩石中间找到了一个玩伴。不过那不是个水孩子,而是一只龙虾,那可是一只很出色的龙虾,它的两只钳子上都附着活的螺蛳,这在龙虾一族中可是十分难得的。就像一个人拥有一颗善良的心一样,那是多少金钱都买不到的。

汤姆还从来没见过龙虾,因此被这只龙虾迷住了,觉得这是他见过的最滑稽有趣的动物。关于这一点,汤姆的看法是对的。就是世界上所有的科学家、所有的幻想家的智慧全都集中在一起,也还是创造不出像龙虾这样古怪可笑的生物。

这龙虾的一只钳子上长着瘤节,另一只钳子则是锯齿状的。汤姆最喜欢看它吃东西时的样子:它用长着瘤节的钳子拿起海藻,用锯齿状的钳子把海藻切断。随后它就像猴子那样,先闻闻食物的味道,然后再把食物放进嘴里。每次它这样吃东西时,钳子上的螺蛳都要张开自己的渔网在水里捞一下,如果能捞到些什么,螺蛳的午饭也就有了。

可最让汤姆惊奇的是,龙虾会把自己发射出去,啪的一声,像跳蛙一样向后跳去。它弹回来时也很奇妙。如果它想跳进十英尺外的一条狭窄的石缝里,你觉得它会怎么办呢?

如果是头先进去，那肯定就转不过身来了。所以它会把尾巴朝着石缝，两根长长的触须平放。触须对它来说就是第六感产生的器官。当然第六感究竟是什么很难说清楚。

它挺直脊背，对准石缝，两只眼睛向后扭着，扭得几乎眼珠都要从眼窝里跳出来了。然后预备，跳，啪！它的身子弹了出去，进了石缝，两只眼睛从石缝里向外窥探，还捻着胡须，好像在说："你可没这个本事。"

汤姆向它打听水孩子。它说："我见过他们。"它常常看到他们，但不太把他们放在眼里。水孩子们都很爱管闲事，常常去帮助那些遇到困难的鱼和贝壳之类。在龙虾看来，如果要这些身上连壳都没有的软体动物来帮助自己，那真是羞死人了。它在这世界也活了不少年了，自己照顾自己总还是能做到的。

这个老龙虾极其自命不凡，因此对汤姆不太礼貌。下面我要告诉你一件让它终于悔悟过来的事，这事让它最后被人放进了油锅。这也是所有自高自大的人的下场。不过现在，因为它样子很有趣，而汤姆又很寂寞，所以汤姆也就不跟它吵架，而是常常和它一起坐在石洞里，聊上好一会儿。

就在这时，汤姆经历了一次重大的奇遇。这件事情古怪得出奇，而且和汤姆的关系极大。这次奇遇差点儿使他永远不能找到其他水孩子了。我相信，如果那样的话，你也会难过的。

我希望你目前还记得那位穿白衣服的小姑娘。不管怎么样,总之现在她来了。就像她以前和将来那样,她一身干净洁白,十分可爱。

那时已是十二月里了,白天很短,一连几天都刮着西南风。直到圣诞节来临的时候,老天才在大地上铺上大块大块的雪白桌布,让小弟弟小妹妹们拿面包请鸟雀吃晚餐。在那之前,生活是很愉快的。约翰公爵成天都忙着打猎,家里谁也没有机会跟他讲哪怕一句话。他一个星期里有四天要去打猎,收获颇丰。其余两天他上法庭去当法官,开慈善救济会。他是一个很公平的审判官。

约翰公爵就是这样每天打猎,每天五点钟吃晚饭,吃完晚饭就呼呼大睡。他打鼾的声音非常响,哈特荷佛庄园所有的窗子都被震得直摇晃,烟囱里的煤灰也被震得落下来了。就像死夜莺唱不出歌曲一样,那位公爵太太整天跟他谈不上一句话。于是她决定出门一趟,任凭约翰公爵干任何事,就带着儿女们去海边了。

不过可不能告诉别人她去了哪儿,万一那些年轻的姑娘们知道了,可能会想到那儿有水孩子,这样她们就会千方百计地去找水孩子,把他们抓来养在鱼缸里,就像古时候那些庞贝城的贵妇人把爱神关在笼子里一样。从没有听说那些贵妇人把爱神饿死或者折腾死的,而我们英国的年轻姑娘们却有把海里的水族饿死或者折腾死的记录。正因如此,公爵太太太去海边的事还是不要让人知道的好。弄死水孩子就像弄碎禽鸟的蛋一样都是很不好的行为,因为世界上这两种东西虽然不少,可也不会嫌多呀。

就在汤姆经常玩耍的那一带海岸上,在汤姆和他的龙虾朋友聊天时坐过的石头上,发生了一件事。有一天,一位洁白的小姑娘——爱丽,正在海边散步,和她在一起的还有一位非常聪明的老教授。这位老教授是个伟大的科学家,也是个高尚仁慈忠厚的老先生。他非常喜欢小孩子,只要别人没有对不起他,他就跟人家相处得很好。他只有一个毛病,这也是雄知更鸟的一个通病。你如果从你的卧室窗口往外看就可以瞧见,雄知更鸟只要看见人家找着一只稀奇的虫子,就会在人家身边跳来跳去,用嘴啄人家,还竖起尾巴和羽毛,硬说是自己第一个找到这虫子的,这虫子是属于它的。它居然还强词夺理地说如果那不是它的虫子,那就根本不能叫虫子。

这位老教授是在某一个地方遇到约翰公爵的。他成了约翰公爵的朋友,而且很喜欢他的孩子。约翰公爵根本就不知道有关海鸟的事情,也没有兴趣知道。只要鱼贩子能够打到好鱼送给他吃,他就满足了。公爵太太就更不知道了,可她觉得孩子们应该知道一点。要知道,在知识还不多的古代,人们教小孩子一样东西,孩子们学这样东西就会学得很精。而现在,人们掌握的知识多了起来,大家就要小孩子这样学一点,那样学一点,但什么都学不精。当然,这样学习也轻松愉快多了。

当时,小爱丽和老教授在岩石上散步,海边有各种各样奇异美丽的事物,老教授就一一指给她看。其实教授指给爱丽看的也不过是海边能见到的事物中的千万分之一。可小爱丽对那些东西一点都不感兴趣,她愿意和孩子们玩,哪怕和她的洋娃娃玩,因为她可以假装洋娃娃是活的。最后她老老实实地说:"这些东西我全都不喜欢,它们既不能陪我玩,也不能跟我说话。古时候水里有水孩子,如果现在也有,并且我能找到一些,那就好了。"

"有水孩子?你真是个稀奇古怪的小丫头。"老教授说。

"当然,"爱丽说,"我知道从前水里就有水孩子,还有美人鱼,甚至还有雄美人鱼。我在家里的一幅画上看到过,一个美丽的女子坐在一辆海豚拉的车子里,许多孩子围绕着她飞奔,还有一个孩子坐在她膝上。美人鱼在水里嬉戏玩耍,雄美人鱼站在贝壳上吹着号角,这幅画的名字叫《嘉拉蒂的胜利》,背景上还画了一座火山。这画就挂在大楼梯上面的墙上,我小时候常常去看它,而且还在梦里看见了好多次。这幅画太美了,画上画的一定是真事。"

就因为一幅画很美,就认为画里画的东西都是真的。对于这种幼稚的想法,老教授可一点也不同意。他认为世界上有理性的动物只有人类,除此以外,那些天使、仙女、魔鬼、美人鱼什么的，全都是一派胡言。于是他用最仁慈的语气向爱丽解释那幅画上的东西是不可能存在于真实的世界中的。

不过我想爱丽大概是个很笨的小姑娘，因为她根本不相信老教授的话，还一遍又一遍地向他提出同样的问题。

"可为什么世界上没有水孩子呢？"

我想没准儿老教授当时脚底刚好踩上一片锋利的贝壳，把他脚上的老茧戳得很疼，所以他非常生硬地回答："就是因为没有。"

说着他用捞网在海草里用力地乱捞一气，真是太巧不过了，他竟然捞到了可怜的小汤姆。老教授觉得捞网很沉，马上把它拉出水面，汤姆就被包在网里呢。

"天哪！"老教授叫道，"好大的红海参啊，还是有手的！它一定是白海参的亲戚。"

他把汤姆从网里取了出来。

"它还有眼睛呢！"他叫道，"它一定是个乌贼！真是太少见了！"

"不，我不是乌贼！"汤姆直着喉咙叫道。原来他不愿意别人用难听的名字称呼他。

"这是个水孩子呀！"爱丽叫道。当然她说的是对的。

"什么水孩子，这是胡扯，亲爱的！"老教授说着猛地转过身去。

他不得不承认这是一个水孩子,但是他刚刚才说过没有水孩子的,现在他怎么下台呢?

当然,他会把汤姆放在一只木桶里带回去。他不会把他泡在酒精溶液里的,这肯定不会。他养着汤姆,宠爱逗弄着他,因为他是个仁慈善良的老绅士。他还会写一本关于汤姆的书,再给他起个很长的名字和很长的姓。名字和汤姆有关,姓只和他自己有关。现在的生物学家不得不用长名字了,因为短名字早就被他们用光了。他们喜欢分类,要把一种东西分为九类,那样的话哪里还有那么多名字给他们用呢?不过他该怎么跟爱丽解释呢,他可是刚告诉她没有水孩子的呀。

其实,如果老教授对爱丽说:"是的,亲爱的,这是一个水孩子啊。他真是奇妙啊。这表明我对神奇的大自然所知甚少。尽管我辛辛苦苦地工作了四十年,可我知道得还是太少。我刚才说过世界上没有水孩子这种生物,可你看,马上这里就有了一个,这说明我是多么的愚蠢啊。"我想,如果老教授愿意这样说,小爱丽一定会比以前更加信服他,更加敬重他,也一定会更加爱他。

可是老教授却不这样想。他犹豫了一会儿。他很想留下汤姆,却又巴不得自己没有捉到过汤姆。最后,他迫切地想摆脱汤姆了。于是他转过身去,无可奈何地用手指头拨弄着汤姆,希望能想出一个好办法。

他不在意地说:"我亲爱的小姐,你一定是昨晚做梦梦见水孩子了,所以脑子里都是水孩子。"

这时汤姆处于一种无法形容的恐惧中,因此不管别人说他是海参还是乌贼,他都默不作声。他的小脑袋里一直有一种顽固的想法,觉得自己只要被穿衣服的人抓到,就一定也会被人穿上衣服,又变成一个脏兮兮黑糊糊的扫烟囱小孩。可是老教授用手指戳他时,他实在忍受不了了。他又害怕又愤怒,就像一只老鼠被逼得走投无路时那样不顾一切地反攻了,一口把老教授的手指头咬出了血。

"啊呀呀!"老教授叫了起来。这一下他可有了一个丢掉汤姆的绝好借口,于是他就把汤姆扔在海草里。汤姆趁机跳进水里,一下子就不见了。

"可这是个水孩子呀,我听见他说话了!"小爱丽叫道,"啊,他跑了!"她跳下岩石,想在汤姆逃到海里之前捉住他。

已经太迟了。更糟糕的是,她跳下岩石时脚下一滑,摔了一跤,摔出六英尺远,头撞上了一块尖尖的石头,就躺在那儿一动不动了。

老教授把她抱起来,想办法弄醒她。他呼唤着她,对着她大哭,因为他很爱她。可是无论如何都叫不醒她。老教授只好把她托在手臂上,把她抱到她的保姆那里后,他们一起回去了。

小爱丽被放到床上,一动不动地躺在那里,偶尔会醒来一下,嘴里喊着水孩子。可是谁也不知道她说的是什么意思。老教授虽然知道却不愿意说,因为他实在不好意思说。

一个星期后,在一个迷人的月夜,仙女们飞到她的窗前,给爱丽送来了一双翅膀。爱丽一看见就情不自禁地把翅膀装在了身上。她飞出窗子,飞过陆地,飞过大海,飞到了云彩上面。有很长一段时间,谁也没有见过她的一点踪迹,谁也没有听到她的一点消息。

之所以人们宣称谁也没见过水孩子,大概就是因为这个。我相信那些科学家去大海里捕捞时,一定捉到过好几打水孩子。但他们根本不对别人说起,而是把水孩子们都扔回了大海。这是因为他们怕自己过去所说的被推翻。

但是,一个非常严厉的老仙女揭穿了老教授。任何人总有一天都会被揭穿的。她确切地知道老教授会干什么,就像印在书上的铅字那么肯定。他正是那样做的,老仙女就先揭穿了他。

老仙女很严厉地处理了老教授。那是因为她总是最严格地对待那些最善良的人,治好这些人最容易,因此他们能给予仙女最大的回报。仙女给人治病的工作应该得到像给皇帝看病的御医那样的报酬。那是因为,什么样的医生就应该得到什么样的报酬。可惜的是,她从来没有得到过那样的报酬。

仙女处理了可怜的老教授。因为老教授不说实话,她就把一些不真实的东西塞进他的脑子里,看看他是不是更喜欢那些东西。

因为老教授见到水孩子后,不相信有水孩子,仙女就让他去做比相信水孩子更难的事。她要让他相信世界上有独角兽、喷火龙、蛇怪、鹰头狮身的长翅膀怪兽、大鹏鸟、海怪兽、长着狗头的人、长着三个头的狗和其他千奇百怪的动物。

人们从不相信世界上有这些东西存在,人们也不希望这些东西存在。他们对事实真相一无所知,而且会永远无知。

这些动物让人十分不安,十分恐惧,十分惊慌,十分生气,十分不解,十分震惊。可怜的老教授被弄得目瞪口呆。他的医生说他精神失常了三个月。医生们说得也许是对的,他们经常说对。

第五章

再来说说小汤姆,他怎么样了呢?我前面说过,他从岩石上滑到水里去了。可他控制不住自己,一直在想着小爱丽。他已经忘了她是谁,虽然她的个头比他大一百倍,他却知道她是个小姑娘。

其实这也没什么奇怪的,大小和种类是没有关系的。一棵大树最亲爱的表弟兄可能是一棵小草;大狗莱尼斯比我们的小狗威克大二十倍,可是威克却知道莱尼斯也是条狗啊。所以汤姆就知道爱丽是个小姑娘,他一天到晚都想着她,渴望能和她一起玩耍。但不久他又去想别的事情去了。下面就是有关他的一则报道。这是事情发生后第二天早晨《水报》上发表的一篇报导。《水报》是水里最好的一家报纸,是用最好的波纹纸印刷的,是专门给按照"你怎么对别人她就怎么对你"的原则做事的大仙女看的。她每天早上都很认真地读新闻，尤其是报上登的犯罪事件，关于这位大仙女的事，你很快就会知道的。

那天，汤姆正在水里沿着岩石游泳，看到水底下鳕鱼正在捉虾吃；隆头鱼正在啃咬石头上的螺蛳，连壳带肉吞了下去；还有很多贝类和其他的甲壳动物。汤姆正看得津津有味，忽然看见一只绿柳条编的圆笼子，笼子里面坐着的正是他的朋友龙虾。它现在可不再玩弄自己的钳子了，而是满脸羞愧地在那里摆弄自己的触须。

"发生了什么事，难道你太顽皮，被他们关起来了吗？"汤姆问他。

龙虾对汤姆这样的想法有些不高兴，但它心情非常沮丧，也就懒得跟汤姆争吵。它只是说："我出不去呀。"

"那你为什么要进去呢？"

"为了那块该死的死鱼肉。"

在笼子外面的时候，龙虾可不认为鱼肉讨厌，它觉得它看上去很美味诱人，闻起来也很香。现在龙虾说它讨厌，完全是因为它在对自己生气。

"你是从哪里跑进去的？"

"从上面那个圆圆的洞里进来的。"

"那你怎么不从那个洞里出来？"

"就因为出不来啊。"龙虾把两只触须摆弄得更厉害了，它不得不老老实实地承认自己出不来。

"我向上,向下,向前,向后,向左,向右,跳了至少有四千遍,可还是出不去。我总是被那些刺挡住,找不着那个出去的洞。"

汤姆仔细研究了一下那个笼子。他可比龙虾聪明多了,所以一眼就看出是怎么回事了。如果你看到一只捕龙虾的笼子,你肯定也会一下子就搞清楚它的构造的。

"你停下,别跳了,"汤姆说,"把你的尾巴竖起来,转过来对着我,我把你倒着拖出去,那样你就不会被那跟刺戳到了。"

可那龙虾又笨又蠢,连个洞都找不到。它跟许多猎狐人一样,在自己的地盘里感觉非常灵敏,可一到了别的地方,立刻就摸不着头脑了。这只龙虾也是这样,对它来说,是摸不着尾巴了。

汤姆只好爬到笼子上,身子从洞里探下去够龙虾,好不容易够到了龙虾的尾巴。可是,不出我们所料,这个愚蠢的龙虾一用力,汤姆也掉进笼子里去了。

"哎呀,你真是会做好事,"汤姆说,"现在张开你的大钳子,把这些尖刺一个个钳掉,那样我们两个就很容易出去了。"

"天哪,我怎么没想到这一招,真是白费了我这一生的经验。"

你看到了吧，光有经验是不够的。有了经验还要有足够的智慧，才能有效利用经验，不管是人，还是龙虾，都是一样的。世界上有许许多多的人，全世界的事物都见识过了，可终究还是和没有多少见识的儿童差不多。

他们刚把尖刺拔了还不到一半，就来了一片乌云罩在他们头上。他们抬头一看，原来是那只老水獭。

老水獭看见汤姆，咧开嘴狞笑起来。"呀！"它说，"你这个多管闲事的小坏蛋，这回我可逮着你了！你向鲑鱼透露我的行踪，现在我可要你尝尝我的厉害！"说着它也爬到笼子上打算钻进来。

汤姆吓得直发抖，老水獭找到笼子顶上的洞，瞪大眼睛龇牙咧嘴地把身子从洞里探下来，汤姆更害怕了。可是老水獭的头刚刚钻进洞，这位英勇的龙虾先生立刻钳着它的鼻子，紧紧夹住不放。

这下子他们三个全都挤在一个笼子里面了，它们在笼子里翻来滚去。笼子里变得十分拥挤，龙虾揪着老水獭，老水獭也抓着龙虾，它们两个把汤姆挤来挤去，把汤姆挤得气都透不过来了。最后，他总算爬上了老水獭的脊背，安然无恙地从洞里逃了出来。假如不是这样，后果真是不堪设想呢。

汤姆逃出笼子后十分高兴。可他并不想扔下龙虾朋友不管，于是他一看见龙虾的尾巴竖得高高的，就赶快抓住它的尾巴用力往外拽。

可是龙虾还不肯松手。

"快出来呀,"汤姆说,"你难道看不出来水獭已经死了吗?"的确如此,老水獭已经被淹死了。这就是这只邪恶的老水獭的下场。

可是龙虾还是不肯松手。

"还不快出来,你这个愚蠢的榆木脑袋,"汤姆大叫着,"渔夫会来抓你的。"

汤姆感觉到已经有人在向上提笼子了。果然,笼子被渔夫拎到了船舷边。汤姆以为龙虾这下准没命了。可是当龙虾先生看见渔夫时,它猛地一挣扎,挣脱出了笼子,安全回到了大海里。可是它把自己那只长了瘤节的钳子丢了,因为它这个顽固的脑袋根本没有想到松手,所以只好把自己的钳子甩掉了。这样它倒是更容易逃脱。

后来汤姆问龙虾为什么一直没有想到松手。龙虾坚定地说,这在龙虾族中是一个原则问题,就是这样。

接着就发生了一件天大的喜事。汤姆和龙虾分手后还不到五分钟,就遇见了一个水孩子。

这是一个真正的活生生的水孩子。她坐在白沙上,忙着摆弄一块小石子。当她看见汤姆时,抬头看了一下,就喊了起来:"咦,我从没见过你啊。你是个新来的水孩子呀!啊,真让人高兴啊!"

她向汤姆跑来,汤姆也向她跑去,两人紧紧地拥抱着,亲吻着，过了好久，两人都不知道他们这么做是为什么。但有一点，在水底下是不需要彼此互相介绍的。

最后汤姆说："啊，你们这些天都上哪儿去了？我一直在找你们，找了好久，我真是太孤单了。"

"我们每天都在这里，连日子都数不清了。我们在石头附近一共有几百个人哪。每天晚上回家以前，我们总要唱歌追逐嬉闹，你难道看不见我们，也听不到我们的歌声吗？"

汤姆又仔细看了看这孩子，然后说："咦，真是太奇怪了！像你们这样的生物我看到过好多次，可每次我都把你们当成是贝壳，或者是海里的其他动物。我从来没有看出来你们是和我一样的水孩子。"

你一定会说，这真是太奇怪了！你一定很想知道这到底是怎么回事。为什么直到汤姆把龙虾从笼子里救了出来，才终于找到了水孩子呢？你想知道的话，最好把这个故事读上几遍，自己再动脑筋想一想，你就会明白了。把什么事情都直接告诉小孩子不行，那样他们就没有自己动脑筋的机会了，这对孩子们是一点儿好处也没有的。就像是学知识，老师讲课，学生听课，那样看起来是很快，可学生真的是学不到什么东西的。

"现在，"那孩子说，"你来帮帮我吧。你不帮我的话，在我的兄弟姐妹们到来之前我就来不及做完了。现在已经是回家的时候了。"

"你要我帮你什么忙呢?"

"帮我修修这块可怜的石头。上次暴风雨时,一块笨重的大圆石滚了过来,把这块石头的脑袋撞掉了,石头上面的花也都被磨光了。现在我要在上面重新种上海草、珊瑚和海葵。我要让这块石头变成海岸上最美丽的石头花园。"

于是两个人在石头上继续干了起来,在上面种些花草,把石头周围的沙子擦掉。他们做得开心极了,一直到潮水开始退去时才住手。

这时汤姆听见别的水孩子也都来了,他们欢笑着,歌唱着,叫嚷着,追逐着,他们吵闹的声音就像波浪的声音一样。他这才知道自己的眼睛一直能看到他们,耳朵也一直能听到他们的声音,但却不认识他们,这是因为他的眼睛和耳朵被蒙着的缘故。

他们都来了,成百上千的水孩子,有些比汤姆大一点,有些比汤姆小一点,全都穿着干净洁白的小游泳衣。他们听说汤姆是个新来的水孩子,一个个都过来和他拥抱、亲吻,然后把他围在中间,在沙滩上跳起舞来。这时没有人比可怜的小汤姆更快乐了。

"现在,"他们同声喊出来,"我们都得回家了,都得回家去了,否则潮水退掉,我们就会被晒干。我们已经把断了的海草都修好了,把石头放得整整齐齐,把所有的蚌壳又重新放进了沙子里,被上星期那场可怕的大风暴毁坏的地方,

全都看不出来了。"

海滩上那些石子之所以总是那样干净整洁，就是因为这个，每一次大风暴过后，都有水孩子跑到岸上来打扫它们，打扮它们，把它们重新整理得井井有条。

可是水孩子最不能忍受的是臭味。如果岸上的人喜欢糟蹋浪费，把排污管通进海里，而不像节俭的人们把垃圾堆在田里；或者人们把鲱鱼头、死鲛鱼，或者别的废弃的东西丢在海里；或者有人把干净的海岸弄得乱七八糟的；那些水孩子就不会来了。有时候他们可能几百年都不来，只留下些海葵和螃蟹打扫打扫。一直要等到大海重新变干净，等干净的泥沙把一切肮脏的东西都掩埋掉，把人类的垃圾全都冲刷掉，水孩子才会再来，种些活的扇贝、海螺、牡蛎、竹蛏和海参，把海边又重新变成一座美丽的活花园。我想，在我所去过的海边，为什么没有一个水孩子，就是这个缘故。

那些水孩子的家在哪里呢？就在圣布伦丹的仙女岛上。

你有没有听说过这位善良的圣布伦丹？从前他在荒凉的开莱海边，和五位隐士一起向爱尔兰人布道，最后筋疲力尽，极度需要休息。可是，那些爱尔兰人不听他们的，圣布伦丹和他的朋友看见人们一点儿也不听他们的，全都灰心失望了。

一天圣布伦丹跑到山上去，眺望着那怒吼的潮水，从群岛周围流向大海。

他叹息道："唉，我要是能像鸽子一样有一双翅膀该多好啊！"这时他望见在天边很远的地方，就在太阳沉入大海的地方，有一片蔚蓝的仙女海，那里有许多金色的岛屿。

他说："那些应该是神圣的岛啊。"于是他和他的朋友们就坐上一条小船，向着西方，向着太阳落下的地方远去了。从那以后，再也没有人听到他们的消息。

当圣布伦丹和五位隐士抵达仙女岛时，他们发现岛上长满了雪松一类的杉木，还有各种各样美丽的鸟儿。圣布伦丹在杉木下面坐下，对着空中所有的鸟儿祈福。所有的鸟儿非常喜欢他的祝福词，就讲给海里的鱼儿听。鱼儿们也来了，于是圣布伦丹也为所有的鱼儿祈福。鱼儿们又去告诉住在岛下石洞里的水孩子，于是水孩子们也来了。

每逢星期天总有几百个水孩子要来，所以圣布伦丹就办了一个像模像样的学校，教水孩子们功课，他教这些水孩子教了几百年。后来他变得老眼昏花，眼睛看不见了，胡子长得很长很长，弄得他连走路都不敢走了，生怕踩到胡子上摔跟头。

终于他和五位隐士全都在杉木下面睡着了，一直到今天还睡着呢。仙女们就自己教水孩子功课。

当汤姆来到圣布伦丹岛上后，发现这座岛原来是架在许多圆柱子上的。岛的下面到处都是洞穴。这些柱子有些是黑色的，有些是红色的，有些是绿色的。有些是蛇纹石，有些是沙石，上面布满一圈圈红色、白色和黄色的条纹。那些洞穴有蓝色的，也有白色的。洞壁上全都披挂着海草，红色的、绿色的、紫色的、褐色的，什么颜色都有。地下铺的是雪白的细沙，那些水孩子晚上就在这里睡觉。

收拾和打扫这些洞穴的工作是由螃蟹做的。那些螃蟹把地上零零星星的碎片捡起来，把它们全部吃掉，就像猴子一样。岩石上还布满成千上万的海葵、珊瑚、石蚕，它们整天都清洗着海水，使海水保持清洁。

它们虽然要做这种糟糕的事情，却不像那些扫烟囱的人和打扫房屋的人那样，浑身弄得又脏又黑。为了补偿它们，那些仙女们体贴地给这些海葵、珊瑚、石蚕全穿上颜色和花纹最最美丽的衣裳，使人一眼望去就像一大片鲜艳的大花田似的。你不要以为我这是胡说八道，我说的都是事实。我们应当尊重那些扫烟囱的人和打扫房屋的人，不应该瞧不起他们。

另外，岛上在夜间并不是由男女警察来维持秩序和防止盗贼，而是由千百条水蛇守护着岛上的安全。这些水蛇都是非常奇妙的动物。它们全由海中仙女照料着，因此它们的名字也是跟着这些仙女起的，像欧尼斯啊，波奴尼啊，菲罗斯啊，沙马特啊。水蛇身上穿着丝绒的衣服，有绿色的、黑色的、紫色的。它们身上还有一道一道的箍环，连接着一节一节的身体。

有些水蛇有三百个脑子,所以它们都是异常机警的侦探。有些蛇尾巴上长了眼睛,有些蛇每一节上都长着眼睛,所以对周围的事情看得特别清楚。它们要生小蛇时,就在尾巴上生一个出来,等到小蛇能照顾自己了,就从尾巴上掉下来。

如果碰到坏东西过来,这些水蛇就会扑上去。要知道它们都有几百只脚,那时从它们的几百只脚下就会弹出无数的兵器来。这里面有长柄镰刀、钩刀、鹤嘴锄、叉子、切纸刀、双刃剑、刺刀、匕首、开塞钻、长剑、镖枪、长针、绣花针等。

它们运用这些武器,又是刺、又是戳、又是砍、又是扎、又是抓、又是钻,杀得那些淘气的野兽们全都慌不择路地逃跑了。它们要不快点逃的话,就会被剁成碎块,最后被吃掉。如果我这里说的有一个字是假的,那就连显微镜都不能相信了。

岛上有上千上万的水孩子,不但汤姆数不清,你一定也数不清。所有被残忍的父母所抛弃的小孩子都由仙女们来照顾了。所有那些生来没有教养,或者受到虐待、忽视,遭到伤害因而境遇悲惨的小孩子;所有被大人责打的,或者从小学会喝酒的,或者被大人听任其从滚烫的开水壶喝水的,或者掉进火里的小孩子;所有流浪在城市的大街小巷、破落乡村里的儿童,死于伤风的,死于霍乱的,死于麻疹的,死于猩红热的，死于其他那些不应该被传染给儿童的恶病的；所有那些被残忍的师傅和黑心的士兵杀死的小孩子；所有这些小孩子，他们都在这里。仙女们喜欢他们中的每一个。

我真希望汤姆已经放弃了他那些调皮的恶作剧，不再虐待不会说话的动物，因为现在他已经有许多伙伴一起玩耍了。可让我难过的是，他总是去找那些动物的麻烦，只有水蛇他不敢去碰，因为水蛇不允许别人跟它们胡闹。

他搔石蚕的痒，使它们不得不闭起嘴。他让海蟹吓得躲到沙子里去，伸出两只小圆眼睛偷看他。他把石子儿放进海葵的嘴里，让它们误以为是晚饭吃到嘴里了，白欢喜一场。

别的水孩子警告汤姆说："小心你的所作所为。'你怎么对别人她就怎么对你'夫人要来了。"可是汤姆从不理睬他们，照旧嘻嘻哈哈，兴高采烈的。

终于，一个星期五的清晨，"你怎么对别人她就怎么对你"夫人果真来了。

她是个个子很大很吓人的夫人。孩子们看见她，全都直直地站成一排，用手把自己的浴衣拉平，双手放在背后，就好像要接受检阅似的。

她戴着一顶黑帽子，披着一条黑披肩，没有穿衬裙；一副大大的绿眼镜架在一个很大的鹰钩鼻子上，鼻梁钩得那么高，几乎都拱到比眉毛还要高；她的胳膊下面夹了根长长的白桦木杖。她长得真丑，汤姆很想对她做鬼脸。可他没有做,因为她胳膊下的木杖看上去可不大好惹。

她把孩子们一个个看过去,似乎对他们很满意似的。可她并没有提一个问题,也没有问他们的表现。

后来她就分给它们各种各样好吃的海点心:海饼、海苹果、海橘子、海太妃糖等。她还给最好的孩子海冰淇淋,这种冰淇淋是用海牛奶做的,在水里也不会融化。如果你不相信有这些东西,你就想想看:有什么东西比海里的石头更多更便宜呢?如果你在没涨潮的时候仔细找找,就能找到切成四小块的海柠檬,有时还能找到一串串挂着的海葡萄,那么同样的,为什么就不会有海太妃糖呢?

汤姆眼看着所有这些好吃的东西都分给大家,他嘴里口水都流出来了,眼睛睁得比猫头鹰的眼睛还要大。他希望最后也会轮到自己,后来终于轮到他了。夫人叫他过去,手里捏着一样东西,啪的一声塞在他嘴里。呀,看哪,那是一颗冷冰冰硬邦邦的石子儿。

"你是个残忍的女人。"汤姆说着大哭起来。

"你也是个残忍的孩子。是谁把石子儿塞到海葵的嘴里,让它们以为是一顿美食的呢?你这样对待它们,我就这样对待你。"

"这事谁告诉你的?"汤姆问。

"你自己告诉我的,就在刚才。"

汤姆刚才并没有开口,所以觉得非常奇怪。

"就是这样，每次都是孩子们自己一五一十告诉我他们做了什么错事，但他们自己并不知道他们告诉了我。所以你什么事也别想瞒着我。现在你走吧，做个好孩子，只要你不再把石子儿塞到别的动物嘴里，我也不会把石子儿塞到你的嘴里。"

"我以前不知道这样做有什么不好。"汤姆说。

"那么你现在知道了。人们总是这样跟我说，可我告诉他们，不因为你不知道火可以烫伤你，火就不会烫伤你。同样，不因为你不知道脏东西会导致疾病，就不会生病。那只龙虾并不知道钻进捕虾笼子里去有什么危险，可它还是被关了进去。"

"天哪，"汤姆想，"她什么事都知道！"的确，她什么事都知道。

"所以，并不因为你无心做错事，就不惩罚你。不过这惩罚和你明知道是错事还是要去做的惩罚相比还是有轻重之别的，小家伙。"这时候这位夫人的脸色又变得慈祥了。

"不过，你对一个穷孩子好像太严厉了一点。"汤姆说。

"一点儿也不严厉，你长这么大，我可是你最好的朋友。不过你要知道，如果有人做错了事，我就忍不住要惩罚他们。我也不愿意这样做，就像他们自己也不愿意受惩罚一样。那些可怜的人啊，我总是替他们感到难过，可我也没有办法。即使我不想这样做，我也还是照样得做。我工作起来就像一座钟那样,机械地随着那些轮子和发条运转。因为那些发条上得很紧,所以我自己掌握不了自己该怎样做。"

"他们很久以前就给你上发条了吗?"汤姆问道。他这样问,是因为这个机灵的小家伙想到:"发条总有会松的时候,或者有人忘了上发条,就像老格林从小酒店喝完酒回来,就常常忘了给手表上发条。那时就没人管我了。"

"我只要上一次发条就可以一直用下去,到底什么时候上的连我自己都不记得了,那是很久以前了。"

"天哪,"汤姆说,"你很久以前就被造出来啦!"

"我不是造出来的,孩子。我一直都在。可以这么说,我跟永恒一样古老,却又像时间一样年轻。"

这时夫人的脸上显现出一种很古怪的表情:庄严、悲伤,但又很美。她抬起头望着远方,望着大海,望着天空,望着很远很远的地方的某样东西。当她这样望着远方时,脸上浮现出一种宁静、温柔,充满耐心和希望的笑容。这时汤姆觉得她一点儿也不丑。

她确实一点儿都不丑。她就跟许多人一样并不美貌,然而看上去却很可爱,孩子们一看见她就喜欢上了她。这种人的脸就像一座房子,外表虽然平常,然而窗子里面却有一个美丽善良的灵魂在向外张望。

汤姆笑了,他笑起来非常好看。这位奇异的夫人也笑了,她说:"你刚才觉得我很丑,是不是?"

汤姆垂下了头，脸一直红到耳朵根。

"我是长得很丑，我是世界上最丑的仙女。在人类没有全都改过自新之前，我还会一直丑下去。等人类全部改好了以后，我就会变得跟我妹妹一样美丽。她的名字叫'她怎么对你你就怎么对别人'，是世界上最美的仙女。我们各做一半的工作，我做不了的就由她来做，她做不了的就由我来做。那些不愿意听她的话的人就得听我的话，关于这一点，你会明白的。现在你们都走吧，就汤姆留下。他可以留在这里看我接下来会做什么。在他上学之前，这对他也许是个很好的帮助呢。

"汤姆，从现在开始，我每星期五都会来这里，把所有虐待儿童的人都召集起来，用他们虐待儿童的办法来对付他们。"

听了这话，汤姆十分害怕，就爬到一块石头下面。原来住在石头下面的两只海蟹很生气，海蟹的朋友滑鱼也吓得扑通直跳，就像发了疯。可是汤姆还是不肯让开。

"你怎么对别人她就怎么对你"夫人先把那些给孩子们吃了太多药的医生叫来。这些医生大多数是老医生，因为那些年轻的医生，除了军队里的医生外，都懂得很多。她让他们站成一排。他们个个脸色很不好，因为他们都知道下面会发生什么事。

夫人先把他们的牙齿都拔掉，再把他们划得浑身是血。

然后她给他们吃氯化亚汞、泻药、盐、巴豆、硫黄和糖浆。他们一个个脸上露出惊恐的神情。然后她又给他们吃了许多芥末做的催吐剂,但是不给他们脸盆。这些都做完了,再从头来一遍,这样做了整整一个上午。

然后夫人又召来一大批愚蠢的女士。这些人都给自己家的女孩子穿上很紧的衣服和鞋子,弄疼了这些女孩子的腰和脚趾头。夫人就给她们都穿上很紧的马甲,捆得她们全都透不过气来,直想呕吐。她们一个个鼻子都红了,手脚全都肿了。

接着夫人又给她们穿上紧得要命的小皮靴,让她们穿着靴子跳舞。谁都没有她们跳得这么难看。这时夫人问她们这种滋味好不好受。她们都说实在太难受了,夫人这才放了她们。因为她们这样做不过是为了赶时髦,愚蠢地以为这对她们的女儿很有好处。事实上,细腰小脚既不漂亮,也不健康,而且对任何人都没有好处。

随后夫人又叫来了那些粗心大意的保姆。她在她们身上插满别针,又把她们放在童车里,用很紧的皮带箍住她们的肚子,让她们的头和胳膊垂在车边,就这样把她们推来推去,弄得她们头晕眼花,几乎要中暑了。不过因为她们是在水里,所以可能不是中暑而是受寒。可那一样很难受。不信的话,你去风力磨坊的水轮下面坐坐,你就知道是什么滋味了。你要记住,在你航海的时候,会听见海底下发出一阵轰隆隆的声音，水手们会告诉你，这是海底地震时发出的声音。可你现在应该知道了，那就是这位在海底把这些保姆放在童车里推来推去发出的声音！

这时夫人已经很累了，只好先去吃午饭。吃完午饭，她又开始忙碌。她叫来了所有残酷的教师，成千上万的教师被叫来了。

夫人一看到他们，就非常可怕地皱起眉毛，干劲十足地动起手来，好像这一天的工作到了最重要的阶段似的。

她扇他们的耳光，用戒尺重重地敲他们的头，狠狠地打他们的手心。她还举起那根粗粗的白桦木棒，敲打他们全身，发出很大的声响。打完之后，夫人责骂他们平时讲的都是鬼话，说他们是败类。他们很生气，愿意用自己的人格担保，声称他们讲的都是真理。她很生气，罚他们下次星期五来之前把一篇三十万字的文章背出来。

这些教师们听了，全都放声大哭起来，他们的哭声中夹杂的气泡冒出了海面，看上去就像汽水里的泡泡一样。这就是海水里面之所以会有气泡的原因之一。当然，也还有别的原因，不过对小孩子来说，这个原因和他们的关系最大。这时，夫人已经很累了，也就很愿意停下休息了。事实上，她已经辛苦工作了一天了。

汤姆倒也不讨厌这位夫人，只不过觉得她太狠毒了一些。这也不能怪这个可怜的老夫人。因为她要在所有的人都改过自新之后,才能变得美丽起来,她还要等很久呢。

"你怎么对别人她就怎么对你"夫人真可怜!她面前还有一大堆艰苦的工作等着她呢。她宁可自己是个洗衣妇,成天坐在堆满脏衣服的洗衣盆前。可你知道,人们并不是都能拥有自由选择自己职业的幸运啊。

汤姆有一个问题很想问她。说实在的,现在夫人望着他时,不再用审视的目光了,脸色也比较和善,有时候还带着一丝古怪的笑容。她那种暗自好笑的神情也鼓舞了汤姆,所以他终于大胆地说:"夫人,我可以问你一个问题吗?"

"当然可以,我的小宝贝。"

"你为什么不把那些黑心的师傅叫来,也狠狠地惩罚他们一下呢?那些工头在煤矿里敲打童工;那些铁匠用锉刀锉小学徒的鼻子,用锤子敲他们的手指头;还有所有扫烟囱的老师傅,就像我的师傅格林一样;你为什么不叫他们来呢?很久以前,我就看见我的师傅格林掉进水里了,所以我以为他会在这里出现。他以前对我很坏很坏,我可一点儿没冤枉他。"

听了汤姆的话,夫人的脸色变得异常严峻,汤姆看了十分害怕,后悔不该说这么大胆的话。可她并不是生他的气。她只是回答道:"整个星期我都看守着他们,他们待的地方和这里截然不同,因为他们明知道是错事还要去做,他们那是明知故犯。"

她说这话时声音非常平静，可那声音里却有一种力量使汤姆听了觉得浑身都被刺痛了一样，就像是掉进了一丛海荨麻里。

"可是我叫到这儿的这些人，"她又往下说，"并不知道自己做的事是错的，他们只是愚蠢或是没有耐心。所以我只是稍微惩罚他们一下，让他们变得耐心点，教他们像理性的动物那样学会运用自己的理性。至于那些扫烟囱的孩子、采矿童工和打钉的学徒，我的妹妹已经派了许多好人去阻止那些残忍的师傅，使他们不再虐待可怜的孩子们。我很感激我妹妹，这样的话我就可以至少提前一千年变得美丽起来。现在，你要学会做个好孩子，你想让别人怎样对待你，你就应该怎样对待别人。那些人的错误就在于他们不愿意这样行事。要是你愿意做个好孩子的话，等到下星期天我的妹妹'她怎么对你你就怎么对别人'夫人来的时候，她也许会注意到你，教你怎么做人。做人的道理她比我懂得多。"说完她就走了。

汤姆听说不会再碰到格林，发自内心感到高兴，可他想到格林有时候会把喝剩下的啤酒给他喝，又有一点替他感到难过。他下决心星期六整天都做好孩子。

到了那一天，他果然说到做到。他不再吓唬一只海蟹，不再去挠珊瑚的痒了，也不再把石子儿塞进海葵的嘴里去，让它们误以为那是一顿晚饭。

星期天早晨,"她怎么对你你就怎么对别人"夫人果真来了。所有的孩子看见她来,都拍着手跳起舞来。汤姆也使劲儿地跟着一起跳舞。

关于这位美丽的夫人,她的头发和眼睛的颜色我都没办法说得清。汤姆也说不出来,因为不论谁看见她,都只会想到,这是他们所见过的,或者想见到的最美丽、最善良、最温柔、最有趣、最快乐的脸庞了。

汤姆看出来这位夫人身材高大,就跟她姐姐一样,但又不像她姐姐那样,浑身疙里疙瘩、有棱有刺。在所有照顾过孩子的人里面,她的皮肤最光滑、最柔软、最滋润、最有光泽。她是孩子们最喜爱最想拥抱亲吻的人。

她很了解孩子,因为她自己就有许多孩子,一大群一大群的,到今天还有。她一有空就和孩子们玩,她全部的快乐就在于此。她跟孩子玩的时候非常体贴。她这样做很有见识,因为孩子们是世界上最好的朋友,也是最有趣的玩伴。那些聪明人都是这样认为的。

因此,当孩子们看见这位美丽的夫人时,全都自然而然地扑到她身上抓着她,拉她到一块石头上坐下。有的孩子爬到她的膝上,有的抱着她的脖子,有的握着她的手。然后,孩子们都把大拇指放到嘴里吮吸起来,就像无数的小猫一样,满足地发出呜呜的叫声。那些没能爬到她身上去的孩子就坐在沙子上,紧紧抱着她的脚。要知道,在水里是没有人穿鞋子的。只有那些讨厌的老太太洗海水浴时才穿鞋子，因为她们怕水孩子来抓她们满是鸡眼的脚趾头。汤姆站在那里瞪大眼睛看着，因为他不知道这是怎么回事。

"你是谁呀，小宝贝？"夫人问道。

"他是个新来的孩子！"孩子们叫道，一边把拇指从嘴里拿了出来，他们嚷嚷着，"他从来没有妈妈。"说完，大家又把拇指放进嘴里，因为哪怕一点时间他们都不想浪费。

"那我来做他的妈妈，他应该有个最好的位置。现在，你们大家都下去吧，快点下去。"说这话时，夫人举起两只挂满孩子的手臂，一只手臂有九百个孩子，另一只手臂上有一千三百个孩子。她把他们全都扔到旁边的水里。可孩子们一点儿也不在乎。他们依然嘴里含着拇指，一个个扭动着身子又游回她身边爬了上去，就像密密麻麻的蝌蚪一样，弄得她从头到脚爬满了水孩子，她自己一点儿也看不见了。

夫人把汤姆抱在怀里，把他放在身上最柔软的地方，亲吻着他，轻抚着他，低声温存地跟他说话。她说的那些事情他长这么大从没有听说过。汤姆抬头注视着她的眼睛，感到一股甜蜜的爱意。他就在这浓浓的爱意中沉沉睡了过去。

等他醒来时，夫人正在给孩子们讲故事。她讲的是什么故事呢？她讲的故事是从圣诞夜开始的，而且永远讲不完。她在讲故事时，孩子们的大拇指都从嘴里拿了出来，十分认真地听着。她从来不给孩子们讲悲伤的故事让他们伤心。汤姆也听着故事,这样的故事他永远都不会听腻。他听了很久,终于又睡着了。等他醒来时,夫人仍然抱着他。

"不要走,"小汤姆说,"这样太好了。还从来没有人这样抱过我呢。"

"不要走,"孩子们一起叫着,"你一首歌还没给我们唱过呢。"

"那好,不过我只有唱一首歌的时间。你们要我唱什么歌呢?"

"《丢失的布娃娃》,《丢失的布娃娃》。"所有的孩子齐声叫道。于是这位奇异的仙女就唱了起来:

"从前我有一个可爱的布娃娃,宝贝,
世界上的娃娃她最美;
她的脸蛋红里透白,宝贝,
她美丽的卷发真可爱。
可是有一天我在灌木丛中玩,宝贝,
我丢失了我美丽的布娃娃;
我为她哭了一个多星期,宝贝,
我怎么找也找不到她。
有一天我又去那灌木丛里玩,宝贝,
我竟然找到了我的布娃娃。
别人说她变得和原来完全不一样了,宝贝,

她脸上的脂粉全都掉光了，
她的手臂被牛踏掉了，宝贝，
她的头上一根卷发也没有。
可是因为旧旧的友情，宝贝，
她还是世界上最漂亮的娃娃。"

一个仙女居然会唱这样傻的歌！而那些傻里傻气的孩子们竟然十分高兴地听着这样的歌。

在海底的世界里，人们就是那样天真纯洁！

"现在，"夫人对汤姆说，"你愿意因为我而做一个好孩子吗？请不要再虐待海里的动物，直到我回来，好吗？"

"你愿意再抱我吗？"可怜的小汤姆问。

"当然愿意，宝贝。我很想把你带在身边，一直抱着你。只是我不能那样做。"说完这话，她就走了。

汤姆果真做起好孩子来。从那以后他再也不虐待海里的小动物了，而且是永远不再虐待了。他想在这个世界上待多久他就可以待多久，我告诉你，一直到现在他还好好活着呢。

那些躺在妈妈的怀里，享受着妈妈的爱抚，听着妈妈讲故事的小孩子们，是不是应该学做好孩子呢？他们应该担心如果自己太顽皮，会让妈妈美丽的眼睛流泪啊！

第六章

　　我要开始讲这个故事最让人伤心的部分了。我知道,有些人读了,只会觉得这种事很可笑,为它而伤心真是小题大做。可我知道有一个人不会这样想。这人是一个军官,长了两撇和你的手臂一样长的胡子。有一次他跟同伴聊天,他声称世界上有两件事最使他伤心。为了能防止或者补救这样的事,让他干什么都愿意。这两件事一件是小孩子因为他们的布娃娃坏了而痛哭;另一件事是小孩子偷糖果吃。

　　他这样说时他的同伴当时并没有笑话他,因为他们不好意思笑像他这样的灰白胡子老人。可他一离开,他们就说他太多愁善感了。只有一位灵魂像她戴的白帽子一样纯洁的老太太没有这样说。这位太太身材不高,一般情况下她并不偏袒军人,但她还是声音平静地说:

"诸位先生，我相信这才是一个真正勇敢的人士所说的话。"

现在你也许会认为汤姆已经变成一个好孩子了，因为他生活舒适，想要什么东西就能得到什么。如果你这样想，你就错了。一个人能过上舒适的生活固然是好事，可是这样并不能就让人变好。事实上，生活舒适有时候会消磨人的意志。有的人长胖了就变得不守规矩，就像马吃得太多就做得少了一样。

很可惜，汤姆也变成了那样。因为他一心只想着那些美味的海糖果，结果他那愚蠢的脑袋瓜子里除了那些糖果，别的事情什么都塞不进去了。他还很贪心，总想着夫人下回再来的时候，会再给他一些糖果，他想知道他会得到什么样的糖果，会得到多少，是比别人多还是少。他白天想糖果，夜晚做梦也想糖果，你认为这样的话会发生什么事呢？

他开始有意观察那位"你怎么对别人她就怎么对你"夫人，想知道她把糖果放在哪里。他偷偷摸摸地跟在夫人后面，佯装在看别的地方，或者是在找别的东西。他终于发现夫人放糖果的地方了，那是在一只上面镶满珍珠母贝的美丽橱柜里，在一条深深的石缝中间。他很想去打开那个橱柜，可又有点儿害怕。但因为他想吃海糖果的念头实在太强烈了，也就不那么害怕了。

一天夜里，其他的水孩子都睡着了，可汤姆很想吃海棒棒糖，馋虫弄得他怎么也睡不着。他悄无声息地从睡觉的石头中间游出来，爬到了"她怎么对你你就怎么对别人"夫人放海糖果的柜子那里。一看，橱柜门竟然是开着的。

当他看见柜子里所有那些好吃的东西时，他非但高兴不起来，反而觉得害怕了，十分后悔来了这儿。后来他想："我不吃这些糖果，只是摸一摸就行了。"于是他就摸了一摸。

后来他又想："我就吃一块吧。"他就尝了一块。

接着他又想吃两块，吃三块……他就这样吃了一块又一块。后来又想到仙女可能会马上赶来抓住他，心里十分害怕，干脆狼吞虎咽地吃起来。他都不知道吃到的是什么味道了，一点儿也不觉得这些糖果好吃。吃着吃着，他觉得有点难受了，就想再吃一块就不吃了。吃完一块接着又打算再吃一块就不吃了。就这样，他终于吃光了柜子里所有的糖果。

汤姆不知道，他在吃这些糖果时，"你怎么对别人她就怎么对你"夫人就站在他身后，一直紧紧地盯着他。

有人也许要问，为什么那位夫人不把橱柜锁起来呢？我也知道，夫人这样做看起来也许是很奇怪。可她从来都不把橱柜锁上。谁都可以去吃柜子里的糖果，只是吃了之后有什么后果得各人自己去承担。这种做法好像很独特，然而她就是这样做的。我敢说，仙女完全懂得这样做的道理。也许她认为如果要人们不要把手指伸到火里去，必须得要先让他们尝尝被烫的滋味。

"你怎么对别人她就怎么对你"夫人摘下眼镜，因为她不忍心再看下去了。她很替汤姆感到难过。她扬起眉毛，几乎让眉毛碰到了自己的头发。她的眼睛睁得那样大，仿佛把世界上所有的悲伤都吸进了眼里似的。她的眼睛里噙满泪水，她经常会这样。

可是她只说了一句话：

"唉，这个可怜的小宝贝，你也跟其他人一样。"

不过她这是自言自语，所以汤姆根本没有听见，也没有看见她。不过，你可不要以为她太多愁善感了。如果你认为她心地善良，因此会放过那些做错事的人，就像你和我，或者其他任何人，那你可就弄错了。每时每刻，世界上有许许多多人都是这样想的。

可是这位奇怪的仙女看着汤姆吃掉了所有的糖果，她会怎么办呢？

她会扑上去打汤姆吗？还是抓着他的后颈，拎起他，压下他的脑袋，赶他，敲他，戳他，揪他，扭他，捶他，让他站墙角，摇他，扇他耳光，罚他坐在一块冰冷的石头上，诸如此类吗？

当然不是。如果你能找到她，你就可以看到她会怎么做了。你绝对不会看到她做这样的事。因为她很清楚，如果她这样对待汤姆，汤姆就会又踢，又打，又咬，又说脏话，立刻就会重新变成一个顽皮得没有一点教养的扫烟囱小孩,与所有人作对,所有的人也和他过不去。

那么她会责骂他,威逼他,恐吓他,威胁他,逼他招认吗?

当然不是。我刚才说过,如果你能找到她,你就可以看到她会怎么做了。你绝对不会看到她这样做。因为如果她这样逼汤姆,汤姆一定会害怕,害怕了就会说起谎来。这样,对于汤姆来说,这比重新变回一个顽皮的没有教养的小孩更糟糕。

不,这种事情她会留给那些没心没肺或是懒得要命的父母和教师去做。这些父母和教师决不肯公平地对待孩子们,而孩子们自己则渴望得到公平的对待。这些成年人总是吓唬小孩子,诱使他们招认自己的错误,甚至有的为了逼他们招供,先狠狠地揍他们一顿。这种方式极其卑鄙,是不可饶恕的犯罪行为,现在已经禁止使用了。然而还是有人说:"我们这是为了教孩子们学好,可等他们长大以后,他们自己不肯学好呀。"这种靠威逼恐吓的方式不仅对孩子们没用,就是为了驯服一匹不听话的小马,也不能用这些手段来对付它啊。

正因如此,所以"你怎么对别人她就怎么对你"夫人对这件事一个字也没有说起。就连第二天汤姆和其他孩子一起来领糖果时,她也什么都没说。汤姆非常害怕,他不想来。

可他又不敢不来。因为糖果已经被他吃光了，到时候夫人肯定会问是谁吃掉了糖果，如果他不来的话，别人肯定会怀疑是他吃掉了糖果。

可你瞧！夫人还是和平时一样拿出来那么多糖果，汤姆就更害怕了。

当夫人注视着汤姆时，他浑身都发起抖来，但夫人还像对其他孩子那样也分给他糖果，于是他十分庆幸，这位夫人肯定没有发现他偷吃糖果的事情。

可当他把糖果放进嘴里时，他觉得它们很难吃，他吃了以后简直想吐，只好拼命地跑开了。之后整整一个星期，他都感觉很不舒服，一直闷闷不乐，而且脾气很不好。

第二个星期仙女给孩子们发糖果的时候，汤姆还是领到了他的那份糖果；仙女又久久地注视着他，可她脸上的神色比平时更忧郁。她从没有这样悲伤过。这回汤姆拿到的糖果更难以下咽了，可汤姆还是勉强吃了下去。

等到"她怎么对你你就怎么对别人"夫人来时，汤姆也想和其他的孩子一样被她爱抚。可夫人十分严肃地说：

"我很想抱你，但我没办法抱你，谁叫你身上都是尖刺呢。"

汤姆低头看看自己，身上真的长满尖刺，弄得他就像海胆一样。这并没有什么奇怪的。要知道，人的心灵塑造人的身体。我非常认真地告诉你，当汤姆的心灵因为淘气而长满了尖刺的时候,他的身上也就长出了尖刺。现在,没有人愿意抱他,也没有人愿意和他一起玩了,甚至没人愿意看他一眼。

现在汤姆只能走开了,独自躲在角落里哭泣。他还能怎么办呢?没有人能和他玩了,他很清楚这是为什么。

整整一个星期,他都很伤心。等到丑仙女来了,依然久久地注视着他,但她的神情比以前更严肃更忧郁。这时汤姆再也受不了了。

他把糖果扔掉,说:"不,我不吃糖果了,我再也不想吃糖果了。"可怜的小家伙,他立刻放声大哭起来,并把自己偷吃糖果的事一五一十地说了出来。

说完之后,他害怕极了,心想仙女一定会狠狠地惩罚他。可仙女不但没有罚他,相反还把他抱起来,亲了一下。这一吻让汤姆感觉很不好受,因为仙女的下巴又粗又硬,上面长满了毛。但汤姆是那样孤单,即使这样又粗又硬的亲吻也比没有好。

"我原谅你了,小家伙,"仙女说,"只要人们自己愿意说真话,我总会立刻原谅他们的。"

"那么你能给我去掉这些讨厌的尖刺吗?"

"那是另外一回事。这些刺是你自己长出来的,只有你自己能让它们消失。"

"可我该怎么办呢?"汤姆问,又哭了起来。

"啊，我想该是你上学的时候了，我会给你找一位女教师，她会告诉你怎么去掉身上这些刺。"说完仙女就走了。

可怜的汤姆一想起女教师就害怕。他想这位女教师一定会带白桦木杖或者一根棍子来。可后来他又自己安慰自己，觉得也许她会是和凡谷的那位老妇人差不多的女教师。谁知道这位女教师和凡谷的老妇人完全不一样。仙女带着她来了，竟然是个非常美丽的小姑娘。她身后披着长长的卷发，就像一朵金色的云；她身穿长长的袍子，衣服飘起来就像白银做的那样。

"就是这个孩子，"仙女对小女孩说，"不管你愿不愿意，你都得教他学好。"

"我知道。"小姑娘说。看上去她好像并不太愿意。她把自己的手指放在嘴里，低头用眼角瞟着他，她好像十分难为情似的。

小姑娘一点儿也不知道该怎么办。如果不是可怜的汤姆放声大哭起来，哀求她教他学好，并帮助他除掉自己身上的尖刺，她可能永远都不会开始教他了。她一听到汤姆的哭声，心就变柔软了，就开始用教小孩子的那种有趣的方法教汤姆。

小姑娘到底教了汤姆哪些东西呢？首先，她教给他你从小就学过的那些东西，就从你在母亲膝上开始学的那些开始教起。不过她教汤姆的要比你学的那些简单得多。因为在海底的世界里,孩子们学的功课和我们这个世界上的功课不一样,没有那么多艰涩的词汇,所以那些水孩子都比你更喜欢学习,而且希望学得越多越好。

她就这样一天一天地教汤姆,只是每逢星期天她就会回家去,这天就由那位美丽善良的仙女来替代她。她只教了汤姆几个星期,汤姆身上的尖刺就消失得差不多了,他的皮肤又重新变得光滑又干净了。

"天哪!"小姑娘说,"现在我认出你了。你就是跑到我卧室里来的那个扫烟囱的小孩啊。"

"天哪!"汤姆也叫道,"我也知道你是谁了。你就是那天我看到的那个躺在床上的洁白的小姐。"

他向她跑去,很想上去拥抱她,亲吻她。可他没有这样做,因为他想起她是一位高贵的小姐。所以他只是绕着她不停地跳着,跳啊跳啊,一直跳到他筋疲力尽为止。

这时,两人开始讲发生在自己身上的事。汤姆讲他是怎么掉进水里的,又是怎么会游到海里来的;她讲她是怎么从石头上摔下来的,又是怎么从窗子里飞出来的。他这样讲,她那样讲,一直到他们都讲完了,然后又从头开始讲起。我也说不出他们两个到底谁说话更快一些。然后他们又上起课来。现在他们俩都非常喜欢上课,于是就这样不知不觉整整上了七年。

你也许会以为汤姆在这七年中一定过得非常幸福非常满

足，可实际情况并不是这样。他心里总惦记着一件事，那就是每逢星期天小爱丽都要回家去，可她的家到底在哪儿呢？

她说那是一个美丽的地方。

可是这个美丽的地方到底是什么样子的，到底在哪里呢？

唉！这个她偏偏说不出来。更让人奇怪的是，没有谁能描述得出那个美丽的地方。就连经常去那里的人，甚至离那儿最近的人，自己也一点儿都说不出来，也不能帮其他人想象出它的样子。

这个地方后来汤姆也去了，那里住了很多人。他们吹嘘自己熟悉这地方的东西南北各个方向，就像他们是那里的邮递员一样。可他们离开这里有九亿九千万九百九十九万英里远，那么他们怎么说和我们又有什么关系呢？

可那些真正去过那个地方的好人、圣人、聪明人、极富爱心的人、自我牺牲的人，全都告诉不了你什么，他们只能说那是世界上最美丽的地方。如果你还要问，他们就变得十分谦虚，一声不吭，怕被人家笑话。他们这样做是有道理的。

因此善良的小爱丽只能说，那里比世界上所有的地方加起来还要美丽。她这样一说，汤姆就更想去了。

"爱丽小姐，"他终于说，"我想要知道为什么每个星期天你回家去的时候，我不能跟你一起去。你不告诉我，我心里就不得安宁,我不得安宁的话,你也得不到安宁。"

"这你得去问仙女。"

等到下一次"你怎么对别人她就怎么对你"夫人来时,汤姆就向仙女说起了这事儿。

仙女说:"那些只配和海里的动物一起玩的小孩子是不能去的,去那里的人必须先要去他们不喜欢去的地方,做他们不喜欢做的事,帮助他们不喜欢的人。"

"那爱丽做过这些吗?"

"你去问她。"

爱丽的脸红了,她说:"是的,汤姆。我原来不喜欢到这儿来。我在家里比在这里快乐得多,因为家里每天都是星期天。再说我刚来的时候很怕你,汤姆,因为,因为……"

"因为我浑身都是刺,对吗?可我现在身上没有刺了,是不是,爱丽小姐?"

"现在你是没有刺了,"爱丽说,"所以我现在很喜欢你了,而且我也喜欢到这儿来给你上课。"

"你也可以学学爱丽,"仙女说,"去一个你不喜欢去的地方,再帮助一些你不喜欢的人。"

可是汤姆把手指头含在嘴里,垂下头。因为其中的道理他还一点儿也不明白。

当"她怎么对你你就怎么对别人"夫人来时,汤姆就问她,在他那个小脑袋瓜子里,这位夫人不像他姐姐那样严厉，说不定她会对自己额外开恩的。

汤姆啊，汤姆啊，你这个愚蠢的小家伙！可我也不知道我为什么要怪你，因为有许多大人也有和你一样的想法！可是，当他们也这样想时，他们得到的回答正是和汤姆一样的。第二个仙女给汤姆的回话和第一个仙女回答的一样，真是丝毫不差一字。

这样一来，汤姆一点儿也不快活了。星期天爱丽回家去时，他苦恼了一整天，也哭了一整天，根本没有心思听仙女讲那些关于好孩子的故事，虽然那些故事比她以前讲的故事要好听得多。

事实上，汤姆越是拼命去听这些故事，就越是听不进去。这些故事讲的都是小孩子做了自己不喜欢做的事，帮助了自己不喜欢的人，自己工作来养活弟弟妹妹，而没有只顾自己玩耍等等。最后，汤姆再也受不了了，拔腿就跑，远远地躲到石头中间去了。

爱丽回来时，他有点害羞，不敢见她了。他怕她看不起他，嘲笑他是个胆小鬼。后来他变得对她非常有意见，认为她比自己能干，能做自己做不到的事。看到汤姆这样，可怜的爱丽又惊讶又伤心。最后汤姆忍不住放声大哭起来，可他不肯说出自己的心里话。

这段时间汤姆一直很好奇，很想知道爱丽到底去了哪里。所以他开始对自己的玩伴，还有海里那些游玩的地方都没有兴趣了。他对周围的一切都十分不满,既不想继续待在那里,也没有心思考虑自己该去哪儿。

最后他说:"唉,我在这里很不开心,我要离开这里,但你要和我一起走。"

"啊!"爱丽说,"我也希望能跟你一起走。可不幸的是,仙女说了,如果你要离开的话,只能一个人走。唉,你不要捉弄那个可怜的螃蟹了,汤姆。不然的话,仙女又要惩罚你了。"汤姆捉弄那只螃蟹是因为他这时忍不住很想淘气一下。

汤姆几乎脱口而出:"我才不在乎她罚我呢。"可还是忍住了没有说。

"我知道她要我做什么事,"他发牢骚说,说时他哭得非常伤心,"她要我去找可怕的老格林。谁都知道我不喜欢他。如果我找到他,他一定会把我又变成一个扫烟囱的小孩。我心里一直害怕这个呢。"

"不,他不会那样做的,这个我知道。一个人只要愿意学好,没有人能把他从水孩子变回扫烟囱的小孩,也没有人能伤害他。"

"啊,"淘气的汤姆说,"我知道你想干什么了。你想劝我走,因为你开始讨厌我了,你想摆脱我。"

小爱丽听到汤姆这样说,委屈地睁大眼睛,哭了出来。

"哦,汤姆,汤姆!"她说,伤心极了。接着她又叫道:"汤姆,你在哪儿?"

汤姆也叫道:"爱丽,你在哪儿?"

原来两人这时互相看不见了,一点儿也看不见了。小爱丽完全消失了。汤姆听见爱丽叫他的声音愈来愈微弱,直到最后,一点儿声音也没有了。

再也没有人比这时的汤姆更害怕了。他在石头中间游来游去,游过海里所有的房间,比他以前任何时候都游得快得多,可还是找不到她。他大声呼唤她,但却听不到她的回音。他向所有的孩子询问,可他们全回答说没有看见她。

最后,他游到水面上,叫着"她怎么对你你就怎么对别人"夫人,可是夫人没有出现。他只好哭喊着"你怎么对别人她就怎么对你"夫人的名字。除此之外,他实在想不出办法来了,夫人真的立刻来了。

"唉!"汤姆说,"天哪!我刚才对爱丽太淘气了,我把她害死了,一定是我把她害死的。"

"你并没有害死她,"仙女说,"不过我已经把她送回家了,而且我也不知道她什么时候才能回来。"

仙女这样一说,汤姆哭得更伤心了,连海水都被他的眼泪弄得高涨起来,所以这一天的潮水比前一天的高出一点三九五四六二○八一九英寸。不过这也可能是因为月亮比昨天大了一点的缘故。

"你把爱丽送回家真是太残忍了!"汤姆呜咽着说,"我一定要把她重新找回来,就是走到世界的边缘我也要找到她。"

仙女并没有责怪汤姆,而是温和地把他抱在怀里,就像她妹妹那样,并且提醒他不能怪她太残忍。因为她像钟表一样,里面上了发条,有些事情不管她愿意不愿意都得做。

接着她又告诉他,他被人照顾的时间已经太长了。如果他打算做个像样的男子汉的话,他现在该独自一人出去看看外面的世界了。他必须一个人去,就跟古往今来世界上所有的人一样,必须自己亲自用眼睛看,用鼻子闻,自己替自己铺床,自己玩火的话就烫伤自己的指头。

她还说,在世界上可以见识到许多很精彩的东西。在世界上,一个人只要足够勇敢,足够诚实,足够善良,且愿意学好,就会发现世界奇异、有趣,充满秩序,受人尊重并且运转良好。总体来说,一点儿也不令人意外,这个世界是个成功的世界,实在是要多成功就有多成功。

后来她又告诉他,无论遇到什么都不要害怕,只要他牢记着自己以前学过的东西,做自己认为是正确的事情,就什么都不能伤害他。被她这一安慰,可怜的小汤姆终于忍不住想动身了,而且想立刻就出发。

"不过,"他说,"在出发之前,要是能见爱丽一面就好了。"

"你为什么这样想?"

"因为……因为如果我知道她原谅了我,我就会非常快乐。"

一眨眼的工夫，爱丽已经站在他面前了，她微笑着，而且看起来非常快乐。汤姆忍不住想去吻她，可又怕这样做不合规矩，因为她毕竟是个小姐啊！

"我走了，爱丽！"汤姆说，"哪怕就是要走到世界的边缘，我也要去。不过我一点不愿意去，这是我的心里话。"

"啧！啧！啧！"仙女说，"你会很愿意去的，你这个小坏蛋，其实你心里很清楚这点。如果你不愿意去的话，我也会设法让你愿意去。你过来，看看那些只做自己喜欢的事的人的下场。"

仙女在石缝中间藏着各种各样神秘的橱柜，这时她从一只柜子里取出一本神奇的防水书，里面有很多你从来没有见过的照片。原来早在一千三百五十九万八千年前，一个人都没有出世的时候，她就已发明了照相术啦。这完全是真的。不但如此，她的照片不但像我们的照片一样上面明暗深浅，而且还有颜色，各种颜色都有。黑色的就跟你见过的黑公鸡的尾巴，彩色的就跟你见过的最绚丽蝴蝶的翅膀的颜色一样。因此，她的照片非常特别，也非常有名。只要她把书打开，孩子们都会兴高采烈地观看里面的照片。

在这本书的第一页上写着："逍遥国历史，这个伟大而著名的国家源自勤苦国，那里的人士整天只想吹口琴。"

在第一张照片里，他们看见这些逍遥国人住在现成州，就在无忧无虑山脚下。山下到处生长着懒果。

他们的生活很像古代住在西西里岛上的那些快乐的希腊人,就像希腊古瓶上画的那样。事实上,他们这样生活好像很有道理,因为他们并不需要工作。

他们不是住在房子里,而是住在美丽的石洞里。他们每天都在温泉里洗三四次澡。说到衣服,因为天气非常温暖,所以那里的男人们在外面穿得很少,一条短裤,一双凉鞋再加上一顶三角帽。女人们则在秋天收集些蜘蛛丝来做她们的冬衣。秋天她们不那么懒了。

他们都非常喜欢音乐,可又嫌学钢琴或者小提琴太麻烦。至于跳舞,那就更费力了。因此他们整天都坐在蚂蚁山上,吹着口琴。如果蚂蚁咬了他们,他们就站起来搬到旁边的蚂蚁山上去,再被咬就再换一个。

他们坐在懒果树下,等那些懒果掉进自己嘴里。他们坐在葡萄树下,把葡萄汁挤出来吃。等到小猪烤熟了自己跑来,说"吃我吧"时,他们就张开嘴,等小猪碰到自己的嘴时咬一口,就心满意足了。在逍遥国猪肉就是这样吃的。

他们从来都不需要兵器,因为从来没有敌人来到他们的国家。他们也不需要工具,因为一切都是现成的,拿来就能用。而且那位严厉的老仙女也从来不管他们,不叫他们起来,也不逼他们动脑筋,更不会要他们的性命。

就像这样,世界上从来没有过一个这样舒服自在、逍遥无忧的民族。

"啊,这样的生活才是真正快乐的呢。"汤姆说。

"你这样认为吗?"仙女说,"你看见后面那座大山了吗,那座山顶上冒着烟的?"

"看见了。"

"还有你看见附近地下那些火山灰和火山渣了吗?"

"看见了。"

"现在你往后翻五百年,看看发生了什么事。"

这一看可不得了了,火山像火药桶一样爆发了,接着像开水壶一样沸腾翻滚起来。这一来三分之一的逍遥国人被炸得飞上了天,另外三分之一被炸成灰烬,只剩下三分之一的人留了下来。

"你看,"仙女说,"住在火山上的人最后就得到这样的下场。"

"呀,你为什么不警告他们呢?"爱丽说。

"我怎么没有警告过他们?我让火山口冒出烟来,有烟的地方总是有火的呀。我还到处洒满灰烬和火渣。只要有火渣,就可能再起火。可他们不愿意直面现实,而是编了一段神话。事实上,很少有人有勇气面对现实。他们说这些烟是一个巨人呼出的气,他是很久以前被一个仙人埋在山下面的。那些火渣则是什么地下的小矮人烤小猪时留下的。还有其他类似荒唐的说法,这些可不是我讲给他们听的。碰到这样的人,我就没办法教导他们了。除非用棍子狠狠地打他们一顿。"

接着她又往后翻了五百年,他们看见那些逍遥国人还是像从前一样随心所欲地生活。他们非常懒,没有人肯离开火山。他们说:"火山既然喷发过一次,那么就不会再次喷发了。"他们的人口变少了,可他们说,"人多太热闹,人少才能过好。"

可是事与愿违,所有的懒果树都被烧死了,而且所有的烤猪都被他们吃光了,这些烤猪当然不能生出小猪来。因此他们不得不在很艰苦的日子里用树枝耙地里的草根和采来的坚果度日。

有些人说起种粮食的事,就像他们的祖先没有搬来现成州之前做的那样。可他们已经忘记了怎样制造耕犁,事实上这时他们甚至连怎样做口琴都忘记了。而且他们多年前从勤苦国带来的粮食种子也都吃光了。如果再离开本国去找粮食种子,那实在太麻烦了。因此他们都宁愿靠草根和坚果度日。他们生活得很苦,很多瘦弱的小孩得了大肚子病,很快就死掉了。

"唉,"汤姆叹了口气说,"他们变得和野蛮人一样了。"

"瞧他们的样子,多丑啊!"爱丽说。

"是的,如果人没有煮牛肉和水果蛋糕吃,只靠一点点蔬菜生活时,他们的下巴就会变得很大,他们的嘴唇也会变厚。"

她又向后翻过五百年。这时他们全都住在树上，在树上的窝里躲避风雨。那些树下面有许多狮子守候着。

"噢，"爱丽说，"这些狮子好像已经吃掉许多人了，现在他们剩下的人很少啦。"

"你说得很正确，"仙女说，"要知道只有最强壮最敏捷的人才能爬到树上去，只有他们能够保住性命，不被猛兽吃掉。"

"可是他们的个头多么高，身体多么笨重，肩膀多么宽阔啊，"汤姆说，"我从来没见过这样长相粗野的人呢。"

"是的，他们现在变得非常强壮了。那些女子只嫁给最强壮最凶猛的男子，因为只有他们能够帮助她们爬上树去，逃过被狮子吃掉的灾难。"

她又翻过了五百年。现在，他们的人数更少了，模样也变得更加强壮凶恶。可他们的双脚的形状变得非常奇特，他们能用大脚趾钩住树枝，他们的脚趾头就好像手指头一样。他们就像印度人那样，能用脚趾穿针引线。

两个孩子看了都非常惊讶，就问仙女是不是她使他们变成这样的。

"可以说是，也可以说不是，"仙女微笑着说，"因为只有那些能像运用自己的双手那样灵活运用自己的双脚的人才能生存下来，才能娶到妻子，所以他们就占了便宜，让其余的人都饿死了。这样,剩下来的人就变得都是大脚趾像大拇指那样的纯种。"

"可他们当中有一个身上都是毛呢。"爱丽说。

"啊!"仙女说,"这人将成为他这个时代的大人物,而且成了整个部落的酋长呢。"

当她又翻过五百年时,果然就像她说的那样。

原来那个长毛的酋长生了许多长毛的孩子,这些孩子生出的孩子身上的毛更多了。于是女人们都只愿意嫁给长毛的丈夫,生育长毛的孩子。那时那片土地的气候已经变得非常潮湿了,只有身上长毛的人才能活下来。其余那些身上没有毛的人都伤风咳嗽打喷嚏,喉咙疼,男的女的没有等到成年,就都得了痨病。仙女又翻过五百年,里面的人就更少了。

"啊呀,这里有一个人在地上捡树根吃呢,"爱丽说,"他已经不能直立走路了。"

他确实不能站起来了,就像他们的脚变了形一样,他们的脊背也变了形。

"哎呀,"汤姆叫起来,"他们是猿猴啊。"

"说得太对了,这些可怜的蠢货,"仙女说,"他们现在变得十分愚蠢,他们的脑子简直不能用来思考了。这是因为他们几百年几千年来都没有动过脑子了。他们都差不多忘了怎么说话了。这是因为,从父母那里学到的语言,每个笨孩子都要忘掉一些，他们又没有本事自己创造新的语言。

"不仅如此，他们全都变得十分凶恶、野蛮、多疑，彼此之间都不说话了，各自在黑暗的森林里闷闷不乐，谁都听不见别人的声音。所以渐渐地，他们几乎连什么叫语言都忘记了。很可能他们很快就要变成猿猴了。这一切都是因为他们只做自己喜欢做的事，才得到这样的下场。"果然，又过了五百年，他们全都死光了。有的是因为吃了不好的食物，有的被野兽吃掉了，有的被猎人杀死了，最后只剩下一个身材高大的老家伙，下巴长得就像一只涂了油的酒杯，站起来足有七英尺高。这时一位有名的猎手走过来，看见他正在怒吼着捶打自己的胸膛，就给了他一枪。这时他想起他的祖先从前也是人类，就打算说："我也是人，是你的同胞啊。"可他现在已经忘记怎么运用自己的舌头了。接着他又想去找医生，可他忘了医生这个词怎么说。于是他只能喊一声"呜波波！"然后就死掉了。

这就是那个伟大而快乐的逍遥国的结局。汤姆和爱丽把书读完时，两人的脸色都非常悲伤，十分严肃。

"可是你难道不能帮他们一下，别让他们变成猿猴吗？"

"刚开始我可以帮，亲爱的孩子们。只要他们肯像人类那样，愿意做自己不喜欢的事，我就能救他们。但时间过去越久，他们就越是像那些不会说话的动物那样，只肯做自己喜欢做的事，他们也就变得越来越蠢笨。最后终于变得不可救药,因为他们已经完全放弃使用脑子了。我长得这么丑,就是因为这样的事情,我真不知自己什么时候才能变漂亮呢。"

"他们现在在哪里?"

"就在他们应该去的地方,亲爱的。"

"是啊!"仙女严肃地说,又好像是在自言自语,同时把手里的书合上了,"现在有人说我能把野兽变成人。他们这样说也许是对的。不管那些人的祖先是谁,现在他们总算是人了。因此我要劝他们就要像个人一样行事。可他们也要记住这一点,什么事情都是有两面的,有进化,就会有退化。如果我能把野兽变成人,我也可以把人变成野兽。小汤姆,你就有一两次差点变成野兽了。说实在的,如果你不下决心出去走一遭,看看外面的世界,我可不敢保证你不会变成池子里的一条水蜥蜴呢。"

"天哪!"汤姆说,"那我得赶紧溜掉,我现在就走,就是到世界的边缘也要走。"

第七章

"现在,"汤姆说,"我准备走了,就是要到世界的边缘我要也去。"

"啊!"仙女说,"这才像个勇敢的孩子。可是如果你要去找格林先生,你要去的地方比世界的边缘还要远,因为他待的地方是在世外仙境。你必须先到达闪光城,穿过那道从不打开的白城门,然后就到了和平池和慈爱妈妈港,那里是善良的鲸鱼们安葬的地方。到了那里,慈爱妈妈就会指给你通往世外仙境的路,这样你就可以找到格林先生了。"

"天哪!"汤姆说,"可是我不认识去闪光城去的路,也不知道它在什么地方呀。"

"小孩子们不应该怕麻烦,不认识路可以去问啊。如果小孩子不学会自己去问路的话,他们就长不大。你可以去问海中的动物和天上的飞禽。只要你善待它们,它们当中有几个就会告诉你去闪光城的路。"

"哦,"汤姆说,"这一定是段很长的路,所以我要立刻动身。再见了,爱丽小姐。你知道我已经是个大孩子了,所以我得独自到世界上去闯荡一番。"

"我明白你必须要去,"爱丽说,"但你可别忘记我啊,汤姆,我会等你回来的。"

她和汤姆握了握手,告了别。汤姆又差点要吻她,但又想到她是个小姐,这样做不大礼貌,也就没有吻她。他就答应她自己不会忘记她的。可是这时他满脑子想的都是要去游历世界,所以五分钟不到就已经把爱丽小姐忘得一干二净。他头脑里虽然忘了她,好在他的心一直惦记着她呢。

一路上,汤姆不停地向海中的动物和空中的飞禽询问,可谁也不知道去闪光城的路。这是为什么呢?原来他还在很靠南的地方,离北方还远着呢。

后来他看到一只船,这船比他过去见过的船都要大很多。那是一艘巨大无比的海轮,船体后面拖着一条长长的黑烟尾巴。汤姆搞不明白这船没有帆怎么也能航行,于是就游到船附近看个究竟。

一群海豚正追逐着那艘船,围着船身游来游去。船向前开一英尺,它们倒要游三英尺远。汤姆上去向它们打听去闪光城的路,它们都说没听说过这个地方。他想弄清楚这船是怎么开动的，后来发现原来船上有个螺旋桨，是它推动船前进的。

他非常兴奋，在船尾下面跟着船一起游，玩了一整天，还差点被螺旋桨打掉了鼻子。他这才想到该离开了。

他开始观察甲板上的水手，还有戴着软边帽、打着花伞的太太小姐们。可是这些甲板上的人谁也看不见汤姆，因为他们的眼睛还没有真正打开。其实，世界上大多数人都是这样，虽然有眼睛，但很多东西都看不到。

后来一个美丽的女人来到了船尾的甲板上。她穿着深黑的寡妇衣服，怀里抱着一个婴儿。她靠在后船舷上，总是回头望着远处的英格兰。她一面眺望，一面歌唱：

"柔和温暖的微风从甜美的南方吹来，
带来银白色的云彩飘过烈日炎炎的大海；
用你湿润的手指将薄薄的云丝编织穿梭，
制成五彩的云毯来庇护我的孩子和我。"

她的歌声轻柔低浅，音调十分美妙，汤姆真想整天听下去。这时女人抱着孩子倚在栏杆上，让孩子看那在水中跳跃的海豚，还指给他看船尾激荡的水花。这下汤姆就被她发现了。汤姆感觉到那婴儿看见他了，因为两人目光对视时，那孩子笑了，还向他伸出小手。于是汤姆也对他微笑，也伸出手来。那孩子在女人怀里又是踢又是蹦,仿佛要跳到水里救汤姆似的。

"你到底看见了什么,宝贝?"女人说。她的眼睛顺着孩子的视线望去,终于看见了在水花中的汤姆。

她吓得一声尖叫,接着又很镇定地说:"你是海里的孩子吗?啊,当个水孩子对孩子们来说是最快乐的事了。"她向汤姆招招手,又喊道:"等一下,宝贝,等一会儿,我们母子俩说不定可以和你一块儿走。"

这时候,一个一身黑衣的老妇人来找她说话,把她拉了进去。汤姆转身朝北方游去,又糊涂又难过。他看着那艘船消失在暮色中,船上的灯一盏盏亮起来,又一盏盏隐灭。船尾那条长烟在暮色中也越来越淡,最终一点儿也看不见了。

汤姆继续往北游去,游了好多天。有一天,他遇到了鲱鱼之王。那条鱼鼻子里长着一个梳子形状的东西,嘴里叼着一条西鲱鱼当烟袋。汤姆向它询问去闪光城怎么走,它连忙吞下那条西鲱鱼,说道:

"小伙子,如果我是你的话,我就会去孤独石那里找世界上最后一只大海鸦。它属于一个非常古老的家族。那个家族和我自己的家族差不多古老。那只海鸦知道很多现在的人不知道的事,就好比住在高院大宅里的老妇人一样知道很多很久以前的事。"

汤姆连忙问鲱鱼王怎么才能找到大海鸦。好心的鲱鱼王告诉了他，这说明它是一个富有教养的老派绅士，虽然长得很丑，而且打扮得花里胡哨的，就像一个靠在俱乐部窗户上晒太阳的年老花花公子。

汤姆谢了它就游走了。他刚游开，鲱鱼王就在后面叫道："小伙子，你会飞吗？"

"我从没飞过，还不知道能不能飞。"汤姆说，"你干吗问这个？"

"因为如果你会飞，你可千万别让那个海鸦老夫人知道。记住我的话，千万别忘了。再见。"

汤姆又向西北游去，游了七天七夜，最后遇到了一大群鳕鱼，那里的景象他从来没有见过。成千上万条大鳕鱼潜伏在海底，整天大口大口地吞吃着贝壳类动物。在它们上面，有几百条蓝色的大鲨鱼游来游去，鳕鱼一冒上来就被它们一口吞下。

从古到今，它们就这样我吃了它，你吃了我。人类至今还没有来捕捉它们，他们竟然还没发现海底的宝藏是这般丰富啊！

就在这儿，汤姆见到了最后那只大海鸦，孤零零地站在孤独石上。它是个派头十足的老太太，身高足足有三英尺，站在那里时身子笔挺，就像统领古老的高地部落的女酋长。它身穿黑天鹅绒的长袍，戴着白围脖、腰上系着白围裙。它的鼻梁很高，充分显示了它高贵的血统。它戴着一副很大的白边眼镜,样子看上去非常古怪。原来,这是它家族的古老传统。

它没有翅膀,不过两只手臂上长满羽毛,它抱怨天气太热,把这些羽毛当成自己的扇子。它嘴里不停地哼着一支古老的歌曲。那是多年前它还是一只小鸟时学会唱的:

"两只小鸟,坐在石头上,
一只游走了,还剩下一只在独自悲伤,
还有一位可怜的老太太。
那一只也游走了,现在一个也不剩了,
只剩下石头孤孤单单,
还有一位可怜的老太太。"

原来的歌词应该是"飞走了"而不是"游走了"。可是,因为它自己不能飞,所以它这样修改还是情有可原的。不管怎么说,它唱这支歌非常适合,因为它自己现在就是个老太太。

汤姆恭恭敬敬地走上前去,极有礼貌地鞠了一躬。老太太张口就问:

"你有翅膀吗?你会不会飞?"

"天哪,当然不会咯,太太。这件事我连想都不会想到。"狡猾的小汤姆说。

"那样的话我就非常乐意和你谈话了,亲爱的。这年头,能看见没有翅膀的东西真让人高兴啊。真不知怎么啦,现在大家全都想要有翅膀,就算那些新出生的鸟儿也是这样。有了翅膀就想飞,它们要往高处飞,想让自己占据一个比应得的地位更高的位置,这样做究竟是为了什么呢?"

"在我祖辈生活的那些年代里,没有一只鸟想要有翅膀。没有翅膀大家也过得很好。现在它们看见我严守着老一辈的生活方式,都来嘲笑我。现在,连那些下贱的海燕和海雀,那些可怜透顶的小东西,也有了翅膀。还有我那些亲戚北极鸟也是这样。它们都出身高贵,应该懂得自己尊重自己,为什么要去效仿那些不如它们的鸟类呢?"

它就这样滔滔不绝地讲着,汤姆一句话都插不上。最后老太太终于话说得都透不过气来了,不得不又扇起扇子来,汤姆趁机向它打听去闪光城该怎样走。

"闪光城吗?还有谁比我知道得更清楚的?几千年前,我们都是从那里迁来的。几千年前,那里的天气还很凉爽,很适合上流人士居住。可现在那里的天气变得无比炎热,再加上这些下贱的长了翅膀的东西飞来飞去,碰到什么就吃什么,把东西都吃光了。这样一来,上流人士都打不了猎了,他们很难找到吃的,生存极为不易。一千年前,那些下等的鸟儿在一英里之外远远地望见你,就会躲得远远的。现在,只要你出去觅食,甚至只要离开这块岩石,就有可能撞见这些鸟。我说到哪儿去了?"

"唉,亲爱的,我们的日子真是江河日下啊。现在除了我们高贵的姓氏之外,我们就什么都没有了。我是我的家族里剩下的最后一个。我还很年轻的时候,我和我的一个朋友一起来到这块岩石上定居,就是为了不要再碰到那些下贱的低等鸟类。

"过去我们的国土面积很大,所有北方的那些岛屿都是我们的居住地。可是人类拼命向我们射击,敲我们的脑袋,偷走我们的蛋。唉,说来也许你觉得难以相信,据说在拉布拉多海岸,那些水手们常常在岩石上放一条木板搭在他们一种称为船的东西上面,然后沿着木板驱赶我们。就这样把我们成百上千地赶上船,害得我们成堆摔进船舱里。然后大概他们就把我们的族人全都吃掉了。那些家伙太可恶了!唉,我又讲到哪儿了?哦,对了,除了在海鸦峰上还有一些,我们的家族就这样快灭绝了。海鸦峰靠近冰岛,没有人能上得去。"

"就是在那里,我们也无法安身。当我还是个年轻的女孩子时,有一天,大地忽然震动起来,海水忽然沸腾起来,天变得漆黑一片,空气里布满烟尘,那座大海鸦峰一下子就塌了下来,掉进了海里。那些海燕和海雀倒是飞走了。可我们太骄傲了,不愿意飞走。结果有些摔得粉身碎骨,有些在海里淹死了。幸存下来的逃走了,据海雀们说,它们现在也全都死掉了。听说原先靠近大海鸦峰的地方又升起一座大海鸦峰来，但那里地势不平坦，住在上面很不安全。因此我宁可孤零零一个人待在这儿。"

这就是大海鸦家族的故事，听起来虽然很奇怪，却字字都是真的。

"如果你们有翅膀该多好啊！"汤姆说，"那样你们也可以像其他鸟儿一样飞走了。"

"说得对，小家伙。一个人要不是出身高贵，也许能抛弃自己的身份，那当然没什么不可以。那样的话就跟普通人一样，做什么都可以，在这个世界上这样的人当然适应性很强。唉，我要不是惦记着自己的身份，我就不会像现在这样孤单一人了。"老太婆叹了一口气，"再过些日子，我也要死了，亲爱的，而且谁也不会为我哀悼。那时就只剩下这块孤零零的岩石了。"

"嗯，请问，去闪光城怎么走啊？"汤姆说。

"啊呀，你得走了，亲爱的，你得走了。让我想想，我相信，是这样的，我的脑子完全糊涂了。你知道，亲爱的，如果你真的想要知道的话，恐怕你得去问问这里附近那些下贱的鸟儿，因为我一点儿也不记得了。"

可怜的大海鸦太太开始哭起来，流出的眼泪像一滴一滴的油。汤姆很为它难过，当然也很为自己难过，因为他再也不知道该去找什么人问路了。

正在这时,飞来了一群白尾巴的海燕,它们都是慈爱妈妈的亲儿女。汤姆觉得它们比大海鸦太太漂亮多了。也许它们的确比它好看得多,因为慈爱妈妈在发明大海鸦之后,有了更多的经验来发明海燕。这些海燕像普通的黑燕子一样随着波浪漂过来,两只小脚举在身后,显得轻灵优美。它们温柔地叫唤着彼此,汤姆一看到它们就被它们迷住了,就向它们打听去闪光城怎么走。

"闪光城啊,你要去闪光城?那么请跟我们来,我们给你指路。我们是慈爱妈妈的儿女,她派我们周游四海,指引善良的鸟儿回家。"

汤姆高兴极了,就向大海鸦鞠了个躬,向海燕们游去。可大海鸦并没有还礼,而是挺直身体,一边流泪,一边唱道:

"只剩下石头孤孤单单,
还有一位可怜的老太太。"

可是它这句唱错了,因为这块石头并不孤单。下一次汤姆经过这里时,就会看见一种不同的景象了。

那时大海鸦已经去世,但那里有了更好的东西来代替它。汤姆再次来到这里时,他就会发现几百条渔船停靠在这里。有苏格兰来的,有爱尔兰来的,有奥克尼群岛的,有谢德兰群岛的。还有的渔船从遥远的北方渔港而来,船上装满那些大海之王北方海盗,他们是斯堪的纳维亚人的后裔。

那些人是来捕捞大鳕鱼的。他们将广撒渔网,直到拉网拉得手发软,才把成千上万的大鳕鱼拖上岸来。他们将用鳕鱼制造鱼肝油和肥料,把鱼肉腌起来做成咸鱼。将有一艘军舰停泊在这里保护他们,还有一座灯塔给他们指路。

有一天,我们俩也许会去孤独石参加那里夏季海滨的大集市,去海里捉些人们从来没有见过的动物。我们会看到汤姆下次经过时看到的景象,那时我们大可不必因为没能做成一个海鸦标本而懊悔。虽然我们不像老斯堪的纳维亚人那样幸运,能看到很多大海鸦,把它们围起来,再把它们吃掉,我们根本没必要为此难过。更别说羡慕那些英国和法国的海盗,用木板把海鸦赶到船上,满载而归。在这里的岩石附近,我们将会听到水手们大夸其口,因为这儿有长达八十公里的鳕鱼阵,足够给整个国家所有的穷人供应食物。

这会儿汤姆巴不得立刻动身去闪光城,可海燕们说还不行。它们得先飞到水鸟岛,在那里将会召开水鸟大会,之后所有的海鸟都要动身向北方群岛上的繁殖地迁徙。海燕就要在水鸟岛等那些来开会的海鸟,它们中有些会去闪光城。

海燕要汤姆答应坚决不透露水鸟岛的地点,否则人类就会找到那里,射杀那些鸟,把它们制成标本,陈列在愚蠢的博物馆里。那时,海鸟们就不能在慈爱妈妈的水上花园里觅食嬉戏，生儿育女了。而那里本来应当是它们的乐园啊。因为这个原因，所以谁也不知道水鸟岛在什么地方。我们只知道汤姆在那里住了许多天。

汤姆待在水鸟岛的那些日子里，他目睹了一件奇事。他在海岸上看到聚集在那里的千百只毛头鸦。如果你来剑桥，就能见到那种老鸦。那些老鸦十分聒噪，汤姆就爬上岸去看看究竟。

原来这些老鸦正在举行它们每年一度的议会。这些议会在北方召开。那里有许多矮矮胖胖的演说家们在当众演讲，一具老鸦的骷髅被当成演讲台，演讲者都站在上面。

它们呱啦呱啦地发表着演说，炫耀自己一年中所做的那些聪明事。比如啄掉多少只绵羊的眼睛，吃了多少头死牛，吞下几只松鸡，偷了多少松鸡蛋，并用自己的尖嘴啄破那些蛋（这是毛头鸦们的特殊本领）。说起这些事，老鸦们总是非凡得意。

后来它们弄来一只年轻的雌鸦，汤姆还从来没见过这样美丽的老鸦。这时老鸦们群起而攻之，它们羞辱数落美丽的小老鸦，因为它从没偷过一只松鸡蛋，竟然还说自己不愿意偷蛋。根据老鸦的法律，一定要对她进行公开审理。老鸦们每年召开议会时的一项议程就是要审问那些被认为是有罪的老鸦。

这只年轻的雌鸦，穿着黑色的长袍，戴着灰色的头巾，站在老鸦们中间，看上去很干净，也很听话，其余的老鸦都对它吵嚷着。它向它们百般辩解，说自己不喜欢吃松鸡蛋；说它不吃松鸡蛋也过得很好；说它不敢吃松鸡蛋，因为它怕那些看守松鸡的人；说它不忍心吃松鸡蛋，因为那些松鸡那样美丽、善良和快乐；除了这些还有许多各种各样不吃松鸡蛋的理由。

但它说的这些毫无用处。其他的老鸦全都扑到它身上用尖嘴啄它，当场就啄死了它，一旁的汤姆根本来不及救它。那些老鸦对此得意非凡，处置完这只雌鸦就全都飞走了。

你说，这难道不是一种可耻的行为吗？

可是那些仙女把那只善良的雌鸦抱起来，给了她九套漂亮的衣服，最后把它变成了一只最美丽的极乐鸟。这只新诞生的极乐鸟披着一身绿色天鹅绒的衣服，拖着一条长长的尾巴，飞往盛产丁香、豆蔻的香料岛，享用那里美味的果子去了。

这时"你怎么对别人她就怎么对你"夫人来惩罚那些坏老鸦了。你猜它们飞走时，遇见了什么？原来是一只讨厌的死狗。它们立刻动嘴，一边吵嚷，一边啄食，全都饱餐了一顿。可不一会儿，它们全都仰头向天大叫一声，然后两脚朝天，一头栽到地上死了。这是为什么呢？原来仙女给看守松鸡的人托了一个梦，叫他往死狗的肚子里填满砒霜，看守人就依计而行。

现在再回到水鸟岛上。现在那里的海鸟开始大批大批地聚集了，成千上万的鸟儿把海岛上方的天空都遮住了，空中乌黑一片。天鹅、小黑雁、彩鸭、沙鸦、大海鸭和北欧的一种食鱼鸭，这种雄食鱼鸭的头上长着白色的冠。另外还有弯嘴的食鱼鸭、企鹅、大潜水鸥、分趾的鹬鹩、北冰洋的小海雀、快要灭绝的北极海鹅、身长十六英寸的弯嘴鹅、翅膀展开长达六英尺的全蹼大鲣鸟、白尾巴的小海燕、一身深灰羽毛的大海鸥、细嘴燕鸥，还有各种叫不出名字来的海鸥，多得数也数不清。

这些海鸟在沙滩上划水，溅起朵朵浪花。它们还洗澡梳头，整理羽毛，剔去不需要的羽毛。剔掉的羽毛染白了整片沙滩。

它们嘎嘎嘎、咯咯咯、咕咕咕、唧唧唧、吱吱吱、喔喔喔地叫嚷着，和自己的朋友商量商量这，评说评说那，讨论今年夏天上哪儿去生孩子。那片嘈杂声就是离开十英里也能听得一清二楚。幸运的是，除了一个住在小河上的看守人之外，那里一个人也没有。这个看守人孤零零一个人住在一间小土屋里。土屋屋顶铺着石楠，四周用大石头围了一圈，以防冬天的飓风把屋顶掀掉。

虽然看守人能听到海鸟们的叫声，但他从来不妨碍这些鸟儿，更不会去伤害它们，因为那时还不到捕捉它们的时候呢。他是一个善良的苏格兰老爷爷，在冬天的夜里会坐在家里补袜子。只有当所有的鸟儿即将离去时，他才会走出小土屋，向它们脱帽致敬，祝它们一路顺风，并在来年安全归来。然后他把鸟儿们遗留下的羽毛全都收集起来，清洗干净卖到南方去，做成鸭绒被，给那些怕冷的人睡觉用。

这时，在水鸟岛上，海燕到处询问，看看有没有谁正好要去闪光城，就可以带上汤姆了。可海鸟们有的要去索色蓝岛，有的要去谢德兰岛，有的要去挪威，有的要去冰岛，还有的要去格陵兰岛，就是没人要去闪光岛。

善良的海燕们没办法，只好告诉汤姆，它们可以带他一段路，但到了央棉岛后，汤姆就得自己想办法了。

这时，所有的海鸟都飞到了空中，排着长长的队，黑压压的一片。它们在明朗的天空中，开始长途跋涉，向东南西北各个方向飞去。它们发出的叫声听起来就像无数的猎狗在吠叫，又像是有人敲响了无数的钟。

所有的鸟儿中，只有海鹦留在最后。它们杀死了野兔，把自己的蛋藏在了野兔洞里。这样做当然是很野蛮，但人类的行为又能比这强多少呢？

汤姆和海燕们向东北方向前进，忽然刮起了大风。原来是一个穿着灰色大衣的老绅士送来的蒸汽。那个老绅士在墨西哥湾看着一个很大的铜水壶。他的动作有点慢了，慈爱妈妈就给他发了个讯息，要他多给点蒸汽。

现在老绅士送来了蒸汽。一个小时之内，就来了原先一个星期才有的蒸汽。蒸汽噗噗噗、嗖嗖嗖地喷着,搞得你都分不清海和天的界限了。

但汤姆和海燕们很高兴,因为这是一股顺风。风把他们吹过巨浪的顶部,他们就像大海里欢快的飞鱼。

接着,他们看到了一幅讨厌的图景:一艘黑色的巨轮泡在海里。巨轮的烟囱和桅杆都在水中摇晃着,随着波浪起伏着。甲板上什么都没有了,就像被打扫得干干净净的谷仓。船上看不到任何生命的迹象。

海燕飞到巨轮上方,绕着它飞翔。它们心中非常难过,不由得痛苦起来,它们想在船上找到一些腌肉。汤姆爬到船上,这儿看看,那儿看看,又害怕又难过。他看到船舷墙壁下面吊着一个儿童床,床上有一个熟睡的婴儿。

汤姆走到床边,想叫醒那个婴儿。可是,一条黑色的小狗从吊床下面窜了出来。小黑狗对着汤姆吠叫不已,还冲上来想咬他,不让他接近婴儿床。汤姆知道狗伤不了他,但却可以把他推开。汤姆就和狗扑打起来,他想叫醒婴儿,但又不想就这样把狗扔进海里。正当他们互相厮打时,一个巨大的海浪扑过来把他们全卷进了大海。

"啊,小宝贝,小宝贝!"汤姆在海里尖叫着。但很快他就不叫了,因为他看到婴儿床在绿色的海水中缓缓地平稳下沉,那婴儿在里面依然熟睡着,脸上还带着笑容。

汤姆看见仙女们从海底上来,用柔软的手臂托着婴儿床，把婴儿接到身边。这时，汤姆知道孩子平安了，那里又会有一个新的水孩子了。

那条小黑狗被海水呛着了，咳嗽了几下，还打了一个很大的喷嚏，把它的皮都打掉了，就变成了一条水狗。它跳过来，和汤姆一起跳着舞，一起在浪尖上奔跑着。它吃海蜇和鲭鱼。在汤姆去找格林的路上，它一路跟着汤姆。

他们重新上路了。最后终于望见了远处耸立的詹马银山，那山像一只雪白的馒头一样，高耸入云天，足足有两英里高。

在这里，他们遇到一大群海鸥，正在啄食一条死鲸鱼。

"接下来可以由这些家伙给你引路了，"慈爱妈妈的儿女说，"我们不能再带着你向北飞了。我们可不能走到浮冰中间，那样会把我们的脚趾冻坏的。可是这些海鸥是哪儿都能飞的。"

说完，海燕就向海鸥招呼。可是海鸥们正忙得不可开交，它们每一只都叽咕着，你争我抢，贪婪地抢食鲸鱼身上的肥肉，根本不理睬海燕。

"来，来，"海燕说，"你们这群又懒又馋的蠢东西。这位年轻的先生要上慈爱妈妈那儿去，如果你们不帮他的忙的话，慈爱妈妈不会放过你们的，明白吗？"

"我们馋是馋了点，"一只肥胖的老海鸥说，"可我们并不懒。至于你们骂我们是蠢东西，我看你们也不比我们好到哪儿去。让我们来看看这小家伙。"

它拍着翅膀飞到汤姆的面前,毫不害羞地端详了他好一阵。原来这些海鸥全是厚脸皮,关于这点,捕鲸鱼的人都知道。老海鸥问汤姆从哪里来的,最近见过哪些陆地。

汤姆一一回答了它,它听了很高兴,称赞他是个有胆量的孩子,能跑这么远的路。

"来吧,孩子们,"它跟其余海鸥说,"看在慈爱妈妈的面子上,把这个小家伙弄到浮冰那一边去。我们今天吃肉已经吃得不少了,现在该花一点时间来帮这个小伙子的忙了。"

于是那些海鸥便把汤姆背起来,带着他飞走了。它们嬉闹着,身上有一股很重的鲸油味!

"你们是谁啊,你们这些快乐的鸟儿?"汤姆问。

"我们都是当年老格陵兰岛的船长的灵魂,水手们都知道我们的。几百年前,我们都在这里捕鲸,我们捕捉露脊鲸和马头鲸。因为我们都很粗鲁而且很贪婪,所以我们就被变成了海鸥,这样我们就只能一年到头吃死鲸鱼肉了。可我们一点儿也不蠢,就是现在我们还能驾一只船,技术比北海的任何水手都好。不过那些搞新花样的蒸汽船我们可不喜欢。那些海燕称我们蠢东西真是无理,它们仗着自己是慈爱妈妈的宠儿,就以为可以随便骂人。"

"那你是谁呢?"汤姆问正和他说话的海鸥,他看得出它是海鸥之王。

"我的名字叫亨利·赫森,我曾是一个十七世纪的航海家,也是一个真正难得的好船主。虽然我犯了不少错误,可我的名字还是会永远被这个世界铭记。因为我发现了赫森河,赫森湾的名字就是我起的。在我发现那里后,许多原先不敢走这条路的人,都跟着来了。可我在世的时候很残暴,这是事实。我把印第安人从缅因州抢过来,再贩到弗吉尼亚州去当奴隶。最后,由于我对我的水手实在太残忍了,他们忍无可忍,就在这一带海上,把我放在一条没有顶篷的小船上送到海里去,从此我就消失了。我现在是海鸥之王,一直要等我服刑期满,仙女们才会释放我。"

这时他们已经到了浮冰的边缘。透过浮冰上的雾气和雪花望过去,就能看见闪光城在风雪中了。那些巨大的冰块像巨人般互相搏斗着,吼叫着,挤压着,撞击着,彼此碾成了粉末。

再一看,汤姆更害怕了。他看见许多巨轮的残骸漂浮在冰块中间。有些船上的桅杆还竖着呢。有些船的甲板上还有被冻成冰的水手。啊,这些人真是可怜啊。他们都有一颗坚定勇敢的心,为了寻找那至今还没有打开的白城门,他们都像许多武士一样献出了自己的生命。

可是那些善良的海鸥把汤姆和他的小狗背了起来,带着他们飞过那片浮冰和怒吼的冰山,把他们放在闪光城的脚下。

"城门在哪儿呢?"汤姆问。

"没有城门。"海鸥说。

"没有城门?"汤姆吃惊得大叫起来。

"没有,连一条缝都没有。整个城的秘密就在这里,小伙子,过去有许多比你厉害的人,千辛万苦,到头来也就知道了这点。如果有门的话,他们早就进去了,把海里游着的每一条露脊鲸都杀死了。"

"那我该怎么办呢?"

"如果你胆子够大的话,可以从浮冰下面游过去。"

"我走这么远好不容易才来到这里,当然不能就这样回去,"汤姆说,"我这就到水里去了。"

"小伙子,祝你一路顺利。"海鸥说,"我们早就知道你是好样的。再见。"

"你们为什么不一起去呢?"汤姆问。

海鸥们只是哀叫着:"我们还不能去啊,还不能去啊!"说完就飞到浮冰那一边去了。

于是汤姆游到那座还没有打开的白城门下面,在一片黑暗中摸索着前进,足足在海底游了七天七夜。可他一点儿也不害怕。他怎么可能害怕呢? 他是个勇敢的孩子,他来这儿的目的就想来见识世界的啊。

他终于看到亮光了。他已经从万丈深的海底浮了起来,头顶上是清澈的海水。密密麻麻的海蛾在他头顶上飞,像一朵朵飘荡的云彩。汤姆在这些云彩中间穿梭。有的海蛾头和翅膀是粉红色的，身体是乳白色的，它们慢慢地拍着翅膀。有的海蛾翅膀是棕色的，拍动起来很快。还有黄色的小虾，蹦蹦跳跳的，动作比谁都迅速。还有五颜六色的水母，不蹦也不跳，只是在那里东游西荡，不时打着哈欠，还不愿意给别人让路。小狗对这些东西乱咬一气，咬得嘴巴发软才住口。可汤姆完全不在意它们，只是一心想游出水面，好快点去看一下那些善良的鲸鱼们的栖息地。

那是个巨大的水池，两岸相隔很多英里。那里的空气非常清新，对岸的冰山峭壁看上去仿佛近在咫尺。这些冰山峭壁高高耸立在水池周围，有些形成一道屏障，有些形似尖塔，有些形似堡垒，还有山洞、桥梁、亭台楼阁，那里是冰山仙女居住的地方。她们在那儿驱赶风暴和乌云，确保慈爱妈妈的水池每天都阳光灿烂。

太阳充当警察，每天在外面巡逻，在冰城上方观望，察看是不是一切正常。它有时候也会变个魔术，或者放放烟花，让仙女们开心开心。有时，它会同时变出四五个太阳，或者在天上画许多白色的圆圈、十字和月牙，自己则站在当中，对仙女们眨眨眼睛。我肯定仙女们都很开心，因为在这个国度里，任何事情都令人愉快。

在这片静谧的大海上，海水像油一样浓稠，海面上躺着许多善良的鲸鱼。它们是些幸福的大家伙，经常打瞌睡。你应该知道，这些都是好脾气的鲸鱼，有露脊鲸、脊鳍鲸、剃刀鲸、豚鲸和长着长角、浑身斑点的独角鲸。但是那些坏脾气的抹香鲸，喜欢横冲直撞，还大吼大叫，实在是太吵闹了，慈爱妈妈为了维持池子里的安宁，所以不准它们进来。因此她把抹香鲸单独关在南极的一个大池子里，这个池子在爱里帕斯山东南方向二百六十三英里处。爱里帕斯山是冰天雪地的南极里的一座大火山。那些抹香鲸就待在那个池子里，一年到头用它们的丑鼻子彼此碰撞，日夜不止。

可这里的水池里只有善良安静的鲸鱼。它们躺在那里，就像许多单桅船的黑色船身一样，不时喷出一道道白沫，就像是白色的蒸汽；或者张着巨嘴到处游来游去，等着那些海蛾游到它们嘴里去。这儿没有长尾鲛用尾巴抽打它们的脊背，没有剑鱼来戳它们的肚子，没有魟鱼锯开它们的皮肤，没有寒水鲛撕咬它们的肉，也没有捕鲸人向它们投掷鱼叉和长矛。它们在这里十分安全和幸福，只要在这池子里静静地等候着，等慈爱妈妈把它们召唤去，使它们从旧动物变成新动物。

汤姆朝离他最近的鲸鱼游去，问它去慈爱妈妈那里该怎样走。

"她就坐在池子中间。"鲸鱼说。

汤姆放眼望去，可是池子中间除了一座高耸的冰山以外，什么也看不到。他就把自己看到的告诉了鲸鱼。

"那座山就是慈爱妈妈,"鲸鱼说,"你走近些,就能认出她了。她一直坐在那里把动物从旧的变成新的。"

"她是怎么变的呢?"

"那是她的事,我怎么知道。"老鲸鱼说。它张大嘴打了一个哈欠。它的嘴那样大,一张开就有九百四十三只海蛾、一万三千八百四十六只针头大小的水母、九英尺长的一串锤囊虫和四十三只小冰蟹游进它的嘴里。那些小冰蟹相互钳了一下,算是最后的告别,各自把腿缩在肚子下面,决定像个大将军一样死得有点尊严。

"我想,"汤姆说,"她大概会把你这样的大家伙切成无数的小海豚吧?"

这话逗得老鲸鱼哈哈大笑,这一笑就把吞进嘴里的所有东西全喷了出来。那些小东西赶紧全都游走了,十分庆幸自己能逃出这个可怕的鲸口。汤姆好奇地朝冰山游去。

等他游近冰山抬头一看,冰山已经变成一位老夫人了。他从来没有见过如此端庄严肃的老太太。她浑身像大理石一样洁白,坐在一个白色大理石的宝座上。无数新生的动物从宝座下游了出来,游进大海里。它们千姿百态,五颜六色,人类做梦也想象不出这些千奇百怪的动物。它们都是慈爱妈妈的孩子,是她整天不停地用海水做出来的。

汤姆原以为她一定忙得不可开交,整天裁剪,配制,测量,缝制,织补,码线,锉平,设计,锤铸,转动,打磨,上模,雕琢,修剪,等等,就像人类制造物体时那样。

可是根本不是这样。她只是安静地坐在那里,一只手托着下巴,两只像海水一样蓝的大眼睛凝望着大海。她的头发像雪一样白,因为她已经很老了。应该说,她跟你知道的任何古老的东西一样老。也许只有正确与错误之间的区别比她更古老。

她看见了汤姆,低头用慈爱的目光注视着他。

"你想要什么,我的小宝贝?我已经好久没看到水孩子了。"

汤姆告诉她自己为什么到这里来,并向她请教去世外仙境的路。

"你自己应当知道,因为你已经去过那里了。"

"我去过了吗,太太?我怎么一点儿也不记得了。"

"你再看看我。"

汤姆望着她深蓝的大眼睛,立刻想起来了那条路。

"你说,这奇不奇怪?"

"谢谢你,太太。"汤姆说,"那我就不打扰你了。我听说你很忙。"

"我从来没有像现在这样忙碌过。"她说,她连一根手指也不动一下。

"我听说,太太,你一直在把旧的动物变成新的动物呢。"

"人们都这样说。可那只是他们的猜想，宝贝，我其实根本不花什么力气来做东西。我只要坐在这里，让它们自己制造。"

"你真是一位聪明的仙女。"汤姆心里想。他的这种想法很正确。

这是善良的慈爱妈妈的一种绝妙的本领，而且对于那些轻浮的人，也是一种绝妙的回答。她有时也会用这种本领来教训轻浮傲慢的人。

例如，以前有一个非常聪明的仙女，她发明了制造蝴蝶的方法。我指的并不是那种假的蝴蝶，而是真正的活的蝴蝶，会飞，会吃东西，会产卵，会做所有蝴蝶能做的事情。这位仙女对自己的这个本领非常骄傲，就飞到北极来，向慈爱妈妈炫耀说她能够制造蝴蝶。

可是慈爱妈妈笑了。

"要知道，孩子，"她说，"任何人只要愿意花点时间和精力，就能够制造东西，可是没有人能够像我这样，叫它们自己制造自己。"

可是大家都不相信慈爱妈妈有这么能干，只要他们没有去过世外仙境，他们就无法相信。

"现在，我可爱的小水孩子，"慈爱妈妈说，"你还能找到去世外仙境的路吗？"

汤姆想了一想。啊呀，他又忘记了。

"这是因为你的目光离开了我的缘故。"

汤姆望着她,果然又想起来了。然后他又移开目光,立刻又忘记了。

"那我可怎么办呢?总不能我人到了别的地方,眼睛还望着你啊!"

"你必须学会没有我你也能找到那条路,就像其他大部分人一样。你看看这条狗,它很熟悉这条路,而且不会忘记。另外,你在那边可能会遇到一些脾气不好的人,如果没有我给你的这张护照,他们就不会放你过去,所以你一定得把这个护照挂在你的脖子上,好好留神它。而且你一路上都得倒着走路,因为你得看着狗,而狗总是走在你后面。"

"倒着走路!"汤姆惊叫道,"那我不就看不到路了吗?"

"恰恰相反,要是你向前看,前面的路你什么都看不到,那样肯定会走错路的。所以你要往身后看,仔细观察一切事物,尤其是你的眼睛要紧盯着那只狗,因为它是靠直觉走路的,那就永远不会走错。你能做到这些的话,就很清楚下面的路该怎么走了,就好像你能从镜子里看到一样。"

汤姆听了十分惊奇,但他决定听她的,因为他已经知道要永远相信仙女的话了。

"正是这样,我亲爱的孩子。"慈爱妈妈说,"让我给你讲个故事吧,你听了这个故事就会明白了,我说的完全都是正确的。我总是习惯讲故事来说明道理。从前,有兄弟俩。

一个叫普罗米修斯,他之所以叫这个名字,是因为他总是向前看,而且总认为自己是先知先觉。另一个叫埃庇米修斯,他之所以叫这个名字,是因为他总是向后看,也从不炫耀自己,而是很谦虚地说,他是后知后觉的,但他很快就能做到这点。"

"当然啦,普罗米修斯是个特别聪明的家伙,他发明了很多美妙的动物。但很不幸,这些动物被派去工作了,而它们很不愿意工作。所以,它们都没什么用。到现在,它们当中几乎没有什么动物留了下来,谁也不知道它们到底是些什么动物。"

"当然啦,埃庇米修斯是个反应迟钝的家伙。他和那些大老粗、笨家伙,还有慢性子的人交朋友。很多年过去了,他做的事很少,可他做过的事总是做得很好,从不需要返工。"

"有一天,有个美丽的女人来到了兄弟俩面前。谁也没见过这么美丽的女人,她的名字叫潘多拉,这个名字的意思是'神赐予的礼物'。"

"这个女人带着一个神秘的盒子。一向先知先觉的普罗米修斯看到了这个盒子,就不愿理睬潘多拉和她的盒子。但埃庇米修斯却想留下潘多拉和她的盒子,准备不顾一切地娶她为妻。"

"夫妇俩把盒子打开了,想看看里面有什么。因为他们首先得知道盒子里有什么,才能知道它到底有什么用。谁也没想到,从盒子里飞出来的是所有的疾病,它们入侵了人们的身体。除此之外,还有四大怪物,那就是任性、无知、恐惧和肮脏。更糟的是,还有淘气的男孩和女孩。但不幸中的万幸,盒子底部还留下了一样东西,那就是希望。"

"就这样,就像这个世界上许多人一样,埃庇米修斯惹了大麻烦。但同时他也得到了三样世界上最好的东西:好妻子、经验教训和希望。而普罗米修斯碰到的麻烦不比他小。你会发现,他制造了更多麻烦。除了像蜘蛛织网一样编织了一大堆幻想以外,他什么好东西也没得到。

"普罗米修斯一直在看他前面很远的东西。他有一个火柴盒,那是他的发明中唯一有用的东西。但它的害处和它的用处一样多。当他怀揣火柴盒到处走的时候,他不小心踩了自己的鼻子,摔倒在地。这样一来,他竟然让泰晤士河燃烧起来,这火到现在还没有扑灭。最后,他被一根铁链锁在了高山上,一只兀鹰专门看守他。他一动,兀鹰就会去啄他,免得他用自己的先知先觉搞乱整个世界。"

"愚笨的埃庇米修斯和妻子潘多拉一起辛勤地工作。他做事情总是先想想之前发生过什么事。后来,他竟然慢慢地也能知道接下来会发生什么了。这样,他知道了自己需要什么,也知道了思考一下现状后再做决定。他开始制造有用的东西。他耕种庄稼,给田地排水,发明了纺织机、轮船、铁路、蒸汽犁、电报和其他所有你在博览会上能看到的东西。他甚至还能预报饥荒、天气和债券价格。"

"最后，他变得像犹太人一样富有，像农场主一样肥胖。人们要阻拦他必须考虑再三，需要他帮助则尽管开口，不必考虑再三。他善于挣钱，也懂得花钱。

"他的孩子成了科学家，做着对人们有用的工作；而普罗米修斯的孩子则成了空想家，整天吵闹不已，夸夸其谈，成了令人讨厌的人。他们只知道告诉人们会发生什么事，却从不去看看已经发生了什么事。"

慈爱妈妈讲的这个故事很有趣吧。我很高兴，汤姆对这个故事完全深信不疑，因为在汤姆身上也发生了这样的事。

小狗跟在汤姆后面，也可以说是在他脚趾前面，因为汤姆一直是倒着走的。小狗往哪里走他就可以看得很清楚。只是倒着走比顺着走要慢很多。所以，他得加倍努力。

我很骄傲地告诉你，汤姆虽然没有像我一样上过剑桥大学，但他是一个顽强、坚毅、百折不挠、率直、勇敢的小男孩。所以从和平池到世外仙境的路上，他的眼睛一直都盯着那只狗，由他分辨气味寻找道路。不论天气冷暖，道路曲直，气候干湿，上山下谷，只管往前走。所以他一路上从没有走错过，而且看见了从古至今任何凡人想也想不到的许多奇妙的事情。

第八章

在这一路上,汤姆见到了许多奇妙的事。现在我要来讲讲其中的第九百九十九部分。这些事情应该让所有的好孩子都读一读,因为他们很可能也会去世外仙境,所以可以先了解一下情况。等他们真的去了那里,就不会一会儿笑一会儿哭了,也不会做出愚蠢的事情,惹"你怎么对别人她就怎么对你"夫人生气。

汤姆离开和平池之后,来到了一处一万英尺深的海底。那儿是伟大的大海母亲的白色衣服口袋。她一天到晚在这里制造世界的熔浆,给蒸汽巨人去搓捏,让烈火巨人去烘烤。最后熔浆就冒上来,成为面包做的山,大饼做的岛屿。

在这里,汤姆几乎被熔化在熔浆里面,变成水孩子化石。要是那样的话,几十万年后他一定会让新西兰的地质学

会大吃一惊。

那时他踩着柔软的白色海底,在大海无声无息的黄昏中漫步。忽然他听到一阵咝咝咝呼呼呼轰隆隆的声音,就好像全世界所有的蒸汽机一起开动了似的。当他走进那个声音时,海水变得滚烫。这对汤姆来说倒没有什么,可问题是海水变得非常污浊,而且像粥一样浓稠。一路上,他不断地碰到死蚌、死鱼、死鲨鱼、死海豹、死鲸鱼,它们都是被海水烫死的。

最后他碰见一条死去的大海蛇,躺在海底。那蛇的身体非常粗,连爬都爬不过,汤姆只好绕了大半英里路才绕了过去,这让他偏离了原来的路线。当他好不容易回到原来的路上时,他来到一处叫"止步"的地方,他正好就在那里停下了。

幸好他停在了这个地方,原来那是海底一个大洞穴的边缘。洞里咕噜咕噜地喷出许多蒸汽,足以让世界上所有的蒸汽机同时发动起来。这些蒸汽让海水变得非常清澈。汤姆往上看,几乎可以看到海面,而往洞穴里面看,根本看不见底。

当他弯腰低头向洞穴里张望时,鼻子被洞里喷出来的卵石狠狠打了一下,吓得他连忙跳了回去。原来洞里的蒸汽喷出来时,把洞壁冲坏了,壁上的泥浆、沙石和灰尘被扬了起来,向四面散开,然后又掉了下来,很快就把那些死鱼虾掩埋起来。汤姆在那里只站了五分钟,泥沙已经到了他的脚踝。汤姆害怕起来,生怕自己被活埋掉。

也许他真的要被活埋掉了。正当他担忧害怕时,他站着的那个地方就被整个掀了起来,把汤姆弹了上来,向上升了一英里多高。汤姆真不知道接下来会遇到什么事。

最后他终于停下来了。砰的一声,他发现自己的腿被一个他从来没有见过的海怪紧紧缠住了。

这个怪物不知有多少翅膀,这些翅膀就像磨坊的风车叶子那么大,张开成一个圆圈。海怪就靠这些翅膀在喷上来的蒸汽上方翱翔,就像一只皮球在喷泉上面翻滚。它的每一只翅膀下面都长了一条腿,每一条腿的顶部都有一只形状像梳子一样的爪子,每一只爪子的根部都有一个鼻孔。海怪身体中间没有肚子,只有一只独眼。没有嘴,只是像海盘车那样长了许多瘤节,而且全都偏在一边。这真是一个奇怪的动物,不过和你可能见到的那些海里的动物相比,也不是特别奇怪。

"你想干什么?"那海怪极不高兴地说,"为什么挡着我的路?"它想把汤姆甩掉,可是汤姆紧紧地抓着它的爪子,因为他觉得还是这样安全些。

汤姆马上告诉它自己是谁,为什么会来这里。海怪眨了眨那只独眼,轻蔑地说:

"我年纪也不小了,休想用这种谎话来骗我。我知道你是来偷金子的。"

"金子！金子是什么？"汤姆确实不知道。可那个多疑的老怪物就是不肯相信。

过了一会儿，汤姆开始有点明白了。原来蒸汽从洞里喷出来时，那怪物就用自己的鼻子去嗅，看看是什么种类的。接着用自己像梳子一样的爪子梳理分类。这样一来，那些经过分门别类的蒸汽碰到那些翅膀的时候，就变成了一阵金属雨。它的第一只翅膀上落下的是金雨，第二只翅膀上落下的是银雨，第三只翅膀上落下的是紫铜雨，第四只是锡雨，第五只是铅雨，诸如此类。这些金属雨落到泥浆里面，形成了许多矿脉，再经过凝固。因此那些岩石里含有许多金属。

突然间，下面有人把蒸汽阀门关了，顷刻间洞里变得空空荡荡，海水很快倒灌了进来，形成一个旋涡，弄得那怪物在上面转起了圈，像个飞速旋转的陀螺。不过这对于它来说是司空见惯了，就像骑马打猎难免会从马上摔下来一样。所以它就像什么也没有发生一样，汤姆说：

"小伙子，如果你真心想下去的话，现在就可以下去了。不过我不相信你真的想下去。"

"你等着瞧吧。"汤姆说，他立刻纵身跳了下去，就像个探险家一样勇敢。他投进那道湍急的洪流，就像瀑布里的一条鲑鱼。

到达洞底后，他游啊游啊，游了很久，最后终于平平安安地来到了世外仙境的岸上。就像大多数人一样,汤姆惊奇地发现这个世外仙境并不像他原先所想的那样,而是很像我们这个世界。

他首先来到废纸国。这里有堆成山一样的无聊的书,这些书就像冬天森林里的落叶一样多。他看见许多人在这里挖呀搜呀,用这些坏书编出更坏的书来。他们打的是稻谷,而留下来的却是尘土。可奇怪的是他们的生意非常兴隆,尤其受孩子们欢迎。

接着他又到了污水海、乱七八糟饭菜山和糖果国。这儿的地都是黏糊糊的,原来是用劣等牛奶糖做的。地上到处都是很深的裂缝和洞穴,里面全都是落在地上的烂果实,以及半生不熟的野生醋栗、酸苹果、野山楂、蔷薇果、刺莓等有害的东西。这些东西小孩子们只要弄到手就会吃下去的。这一带的仙女一看见这些不好的东西就会立刻把它们藏起来。仙女们工作得很辛苦,但却毫无效果。仙女们藏得快,那些愚蠢邪恶之徒制造新垃圾就会更快。

那些人在那些坏东西里添加了石灰和有毒的颜料,甚至大胆无耻地从科学老太太的大书里偷了配方来,发明了许多毒害儿童的食物,在集市和糖果店里叫卖。好吧,让他们去做吧。现在时候还没到,时候一到,那位手里拿着白杨木杖的夫人迟早会把他们全部捉住,叫他们在自己店里从这一头吃到那一头,把他们自己制造出来的东西全部吃下去。那时，他们一个个就会肚子疼，这是医治他们那种毒害儿童的毛病的最好方式。

然后，汤姆看见了世界上所有的小人儿。他们在写这世界上所有的小书，书里写的也是小人的事，也许是因为他们那里根本没有大人可写。书名要么是《吱吱吱》，要么是《抽水机里的驳船》，要么是《狭小的世界》，要么是《啰唆的小山》，再不然就是《孩子们的废话日》。

这里的其他小人就看这些书，他们认为自己像总统一样了不起。他们这样想也许是对的，因为他们的事情他们自己最清楚。但汤姆却不这样认为，他宁可看杰克杀巨人，或者美女和野兽的童话故事。他从那些故事里可以学到一些原来不知道的事情。

接下来，汤姆来到了发明中心。那里的人称它"世界的中心"，它地处北纬 42.21°，东经 108.56°。

后来汤姆到了一个叫波罗普拉格磨辛岛的地方。有些人叫它无耻之徒港，但这种叫法肯定不对，因为那里是在布拉姆希尔森林的中心，而且警察们很早就把坏人赶了出去。这个岛上每个人都对别人的事比自己的事更关心更清楚。而且，所有的居民都待在房子外面，歪着嘴，叫着仙女的葡萄是酸葡萄。因此，你可以想象得到，这里是一个乱七八糟的地方。

在这里，汤姆看见许多颠倒的事情，例如车子拉马，钉子敲锤子,鸟巢掏孩子,书写作者,公牛开瓷器店,猴子给猫刮胡子,死狗教活狮子表演,瞎了眼的司令退休做大学校长,时髦演员改行去做时髦的牧师……总之,人人都在做自己不会做的事,那是因为他们在做自己会做的事情,或者自以为会做的事情时,都失败了。

汤姆走到城中心时,所有的人立刻全拥上来,要给他指路。还不如说,是要指出他不认识路。在给汤姆指路前,他们总该问问他要去哪儿吧,可谁也没有想到要问这个。

这些人里面,这一个拉他走这边,那一个推他到那边,第三个叫道:

"你千万不能往西走,我警告你,往西走是死路一条。"

"可我并没有往西走啊。你难道看不出来吗?"汤姆说。

另一个叫道:"东方在这一边,亲爱的,你尽管放心走这里吧。"

"可我并不是要去东方啊。"汤姆说。

"那么,反正不管你走哪一条路,你都是错的。"那些人异口同声地说。这大概是他们唯一能够达成一致意见的时候。他们几十只手指一起指着指南针上面的三十二条线,弄得汤姆以为全英国的路标跑到一起来了,还互相打了起来。

多亏了那只小狗,汤姆这时才成功脱身了。那只小狗忽然发起狂来,认为这些人要把它的主人撕得粉碎,就猛地扑上去咬他们的小腿肚子,这才使他们开始考虑自己的事情。

趁他们揉着自己被咬伤的小腿时，汤姆和小狗就安然逃走了。

在这座岛的边缘，汤姆找到愚人城。这里是聪明人住的地方。传说他们看见月亮掉在池子里面，就去水里捞月亮。他们在布谷鸟四周筑了一圈篱笆，企图整年都保持春天。汤姆发现这儿的人正在用砖头把城门堵起来，因为他们嫌城门太宽，小个子走不进来。因为这不关汤姆的事，所以他就只顾走自己的路，可还是忍不住咕哝着，说在他的国家里，如果一只小猫不能钻进大洞的话，那么小猫只好待在外面喵喵叫了。

当汤姆来到试金石岛上时，他看到了那些聪明人的结局。岛上十分荒凉，只有蓟遍地生长。他们在那里被变成了耳朵有一英尺长的驴子，就像《木偶奇遇记》里的大坏蛋卢歇斯那样。谁让他们瞎掺和自己不懂的事情呢。他们也要等到蓟草变成玫瑰，才能变回人形。在这之前，他们只能安慰自己，耳朵越长，皮越厚，就是被打一顿也不会受伤。

接着汤姆到了一处大地方，这个国家有三十几个国王和六七个国民。说不定下回汤姆经过那里的时候，国民会变得多一些。这个国家正在进行一场摧毁性的战争。这场战争是黑暗的、致命的，又是不得不进行的。战争的一方是王子们和支持他们的国王，另一方呢？我很有把握地说，如果我不告诉你，你永远猜不到。这场战争是单方面的，他们所有的战略和战术都很安全而且很简单,那就是——捂住耳朵大声尖叫:"啊,别说了!"

汤姆发现这里所有的居民,不论高矮、男女、老少,都在日夜不停地逃命,求人家不要把那些他们不知道的事情告诉他们。不过,这个国家是个岛国,那里的环境和我们这里的岛国是一样的,都是四面环水。可他们偏偏不喜欢水,大部分水是臭的,他们只能沿着海岸绕圈子。那样做很辛苦,特别是对那些有其他事要做的人来说。

在这些人后面有一个年老的巨人日夜不停地奔跑着。他看上去十分可怜,身材干瘦,衣衫褴褛。这样一位老人实在应该得到悉心的照顾,请他吃点好的,给他找一个好妻子,派他跟小孩子一起玩耍。那样的话,他才算得上一个很体面的老头儿。本来他就心地善良,富有情感。

这巨人的身体主要是鱼骨头和羊皮做的,再用铁丝和加拿大香胶缚牢,闻上去酒精气特别浓,虽然他从来不饮一滴酒。他鼻子上架一副大眼镜,一只手拿一只捕蝶网,另一只手拿一柄研究地质的人用的锤子。身上到处都是口袋,装的是标本盒、瓶子、显微镜、望远镜、风雨表、军用地图。夹钳、照相仪器和用来探索一切事务的一切,以至于一切其他的用具。

所有的人都躲开他,只有汤姆不逃开。他待在原来的地方,只是摆动两条腿,左闪右躲。巨人走过来时,低头一

看,好像很开心的样子,他叫道:

"你是谁?你竟然没有像其他人那样逃走!"

这时汤姆看见他把眼镜取下来,好把汤姆看个清楚。

汤姆告诉巨人自己是谁,巨人立刻掏出一个瓶子和一个木塞,想把汤姆收到瓶子里。可是汤姆是多么机灵,哪会轻易地让这个巨人收集起来。他一头钻进巨人的大腿中间,躲到他的后面。这样巨人就看不见他了。

"别来抓我,别来抓我!"汤姆说,"我绕着世界走了一圈,而且通过世界的中心,到了慈爱妈妈的休息地,难道要给你这种老巨人用网兜住,替我起个海参、乌贼之类的名字,再装在瓶子里吗?"

巨人听说汤姆原来是个大旅行家,立刻就跟他讲和。他非常高兴有人能跟他谈些他原来不知道的事情,很想留下汤姆,让他把脑子里的东西全掏出来,一直留到今天。

"啊,你这个幸运的小家伙!"他最后非常单纯地说。因为他在那些曾无意中撞翻了世界的巨人中间是最淳朴、最讨人喜欢、最诚实、最仁慈的一个。

"啊,你这个幸运的小家伙!要是我去过你到过的地方,见到过你见过的东西,那该多妙啊!"

"好吧,"汤姆说,"如果你这样想,你最好把头放在水里浸上几个小时,就像我那样,变成一个水孩子,或者其他什么孩子。那样你也许就有机会周游世界了。"

"变成一个孩子,呃!假如我能变成孩子,领略一下做孩子的滋味,就是只有一个小时也好。那我死也甘心了。可是我变不了。我不能返老还童。我想即使能够那样,也没有用,因为那样的话,我就没法知道我遭遇的一切了。啊,你这个幸运的小家伙!"可怜的老巨人说。

"但你为什么要追赶这些可怜的人呢?"汤姆问,这时他对这个巨人已经很有好感了。

"亲爱的,是他们在追我呀。他们子子孙孙、世世代代追了我几百年了,还用石头砸我,把我的眼镜砸掉了五十次了。他们骂我是缠头巾的恶毒的土耳其人,把我赶来赶去。他们就这样绕着圈子想抓我,但他们不可能抓到我,因为每次我回到原来的地方,我都会跑得比原来更快,人也变得比原来更高大。其实我只想跟他们友好相处,只想告诉他们一点对他们有好处的事情。可不知道为什么,他们总是害怕听我说话。我想我大概有点不通世故,不会讨人喜欢。"

"那你为什么不转身向他们解释呢?"

"那可不行,要知道,我是埃庇米修斯的儿子,如果要跑,只能像这样往回跑。"

"可是为什么你不能停一下呢?"

"什么,亲爱的,你想想看。我如果停下来,所有的蝴蝶和鸟雀都会飞过去,那样我就捉不到新的品种了,那我就会变得无精打采、瞌睡连连,最终死掉。我可不想死,亲爱的。他们说，每个人都有自己的使命。我可不知道我的使命到底是什么，也不想知道。"

"不想知道？"汤姆问。

"是懒得知道。我的座右铭是：尽你最大的努力，捉住你碰到的第一只虫子或鸟雀。这几百年来，我就是靠这句话才一切顺利。现在我得走了，亲爱的。就在我跟你谈话的这段短短的时间里，至少有九种新品种从我眼前逃过去了。"

巨人走了，他碰到一座神庙的钟楼，钟楼的上半截整个被他撞倒了，他把自己的腰都撞痛了。

可巨人一点儿也不怕。那半截钟楼的残骸刚一落在他两腿之间，他就在砖石中间翻来捣去，仔细检查，不时移动着眼镜，还从口袋里取出放大镜来叫道：

"一种全新的海蛆，三种罕见的雪蚤啊！还有一种冰蛾，这太重要了！"

他一屁股在神庙正中央坐下，来仔细观察他的雪蚤，看来他是有点不通世故。这一下，神庙顶部整个塌了下来，把里面的神像打得粉碎，许多神父从门窗里逃了出来，就好像一头雪貂钻进兔子窝，惊得兔子四散而逃。

可是老巨人毫不理会。这时尘埃中飞出来一只蝙蝠，立刻就被他捉住了。

"天哪！这个更加重要了！"

他把蝙蝠装在口袋里，站起来走了。那些神父还在四处奔逃,眼看见这个巨人为了三种稀有的雪蚤和一只蝙蝠就把他们的神庙毁掉了,一个个都非常不开心。

"哎,"汤姆心想,"这场纠纷也不算小啦,不过,这不关我的事。"

就是这样,巨人兜着圈子追赶着那些人,那些人也兜着圈子追赶着巨人。据我所知,他们到今天还是这样互相追逐着。一直要到巨人和那些人有一方,或者双方都变成了孩子,这种追逃才会终止。

然后汤姆到了一座非常有名的岛。这座岛在大航海家格列佛船长时代叫拉普达岛。可是"你怎么对别人她就怎么对你"夫人替它改了一个名字,叫头无托岛,因为岛上的人都只有脑袋,没有身子。

汤姆游近那座岛时,先听见一片哼哼唧唧、悲悲切切、哭哭啼啼的声音,他还以为有人在穿小猪的鼻孔套上鼻环,或者剪小狗的耳朵做个记号,或者是要淹死小猫。可是等他游得更近一点时,他开始在那片吵吵嚷嚷中听出有人在说话。原来就是那些有头无身子的人在从早到晚,彻夜不停地对他们伟大的"考试神"唱着歌:

"我学不会我的功课呀,考官要来了呀!"

这是他们会唱的唯一的一首歌。

汤姆上岸来到岛上之后,看见的第一件东西是一根大柱子,柱子的一面刻着"禁止携带玩具"。这让汤姆大吃一惊,所以柱子另一面写的什么他也没心情看了。他向四周望去,想寻找住在岛上的人,可是男女老少一个人也找不到。他只找到些大萝卜、小萝卜、糖萝卜、粗萝卜。这些萝卜上面一片叶子都没有,而且大多已裂开腐烂,里面已经长出了毒菌。剩下来的一半开始向汤姆哭诉,同时用六种不同的语言,而且全都说得不清楚。

"我学不会我的功课,快来帮助我呀!"有一个叫道,"你能告诉我这个平方怎么开吗?"

另一个叫道:"你能告诉我天琴座α星和长颈鹿座β星之间距离多远吗?"

另一个叫道:"美国俄勒冈州诺曼县思诺克斯维尔镇的经纬度是多少呀?"

另一个叫道:"墨西攸斯·斯卡握拉的远房堂弟祖母的女佣的猫叫什么名字呀?"

另一个叫道:"一个相当有精力的学校视察员从伦敦翻筋斗翻到约克郡需要多久?"

另一个叫道:"在一个还没有被发现的大陆上有一个地方,那儿谁也没听说过,什么事情也没有发生过。你能告诉我它的名字吗?"

另一个叫道:"这一段论鳄鱼为什么不能说话的古书错

得一塌糊涂,你能不能给我修改一下呢?"

诸如此类,简直弄得汤姆莫名其妙。

"就算我告诉了你们,这对你们有什么好处呢?"汤姆问。

哎,他们连这个也不知道,只知道考官要来了。

汤姆接着在一块萝卜田里,撞上一只你活到现在都没见过的最大的萝卜。这只萝卜很熟很软,把田里一个洞全都填满了。它向汤姆叫道:"你能不能告诉我一点你愿意教我的事情呢?"

"我教你什么呢?"汤姆问。

"任何你想教的东西都可以。因为我虽然学得快,忘得也一样快。所以我妈妈说我的脑子不适合学系统科学,还是学点普通的常识①吧。"

汤姆告诉他,说自己并不认识什么将军。他过去只有过一个朋友在军队里当鼓手。不过他这一路上看见的那些奇闻轶事,倒有不少可以讲给它听。

于是汤姆跟它谈起自己的所见所闻。这可怜的萝卜听得很仔细。可是听得越多,忘记得也越多,身上流出的水也越多。

---

① general,在英语中有普通的意思,也有将军的意思,汤姆错把它当成后者来理解了。

汤姆以为它哭了。可这只是因为它用功过度，脑力消耗得太快。所以汤姆一边讲，这个不幸的萝卜就浑身上下都往外淌出萝卜汁，身子裂开，而且萎缩得只剩一层皮和一包水。汤姆一看，吓得赶紧溜掉，怕有人抓住他，说他害死了萝卜。

可是恰恰相反，萝卜的父母却非常高兴，认为自己的儿子是圣徒和殉教者，就在它的墓碑上刻了一大篇碑文，叙述自己儿子是多么天才，多么有智慧，可以称得上举世无双的神童。这对夫妻蠢不蠢？可是在它们隔壁还有一对更蠢的夫妻，正在责打一个可怜的小红萝卜。这个红萝卜还没有我的拇指那么大。它父母责备它是因为它闷声不响、脾气倔强而且不求上进。它们一点儿也不知道它之所以学不好并且不大说话，是因为有条寄生虫在它身体里面，把它的脑子都吃掉了。不过就是这一对父母，和世界上千千万万做父母的比也愚蠢不了多少。许多做父母的都是在应当给孩子新玩具的时候拿来戒尺，在应当请医生看病的时候把孩子关进黑橱柜里！

这里发生的一切使汤姆非常迷惑而且十分害怕，很想找一个人问一问究竟。最后，他居然碰到一根一半身子埋在土里的旧手杖，他就上前请教。

"你知道，"那根手杖说，"从前这里有许多美丽可爱的孩子。当初如果让他们像正常人一样长大，再交到我手里的话,他们可能到现在还是可爱的孩子呢。可是他们愚蠢的父母不许他们像普通的孩子一样,去摘野花、做泥饼、捉蚱蜢、偷鸟巢、环绕着醋栗花丛跳舞等,却硬逼着他们做功课,做啊,做啊,做啊,星期一到星期六做平日的功课,星期天做星期天的功课。每个星期六有周考,每月有月考,每年有年终考,一门课程至少要考七遍,好像考一遍怎么也不够,不过瘾似的。弄到后来,这些孩子的脑袋全变大了,身体都变得越来越小。最后他们全变成了萝卜,肚子里什么也没有,只有一泡水。然而他们愚蠢的父母还要把他们的叶子一长出来立刻就摘掉,不让他们沾上一点点绿色。这是千真万确的事。"

"唉!"汤姆说,"如果亲爱的'她怎么对你你就怎么对别人'夫人知道了这件事,她就会给它们送来许许多多陀螺、皮球、玻璃球等,叫他们一个个快活得像神仙一样。"

"没有用的,"手杖说,"他们现在就是要玩,也玩不了啦。你难道看不出他们的两条腿,因为从不运动,而且永远待在一个地方,已经在地上生了根了吗?如此一来,他们就只能待在原地不动了。现在那个大主考官来了,我劝你还是赶紧走吧。不然的话,他就会顺便让你和你的狗来一个考试,而且还派你的狗去考其他所有的狗,派你去考其他所有的水孩子。

"谁也别想逃出他的手掌心。他的鼻子有九千英里长,能够钻烟囱，钻钥匙孔，上楼，下楼，钻进太太们的房间，所有的小孩子，所有孩子们的老师，一律都要由他考试。可是'你怎么对别人她就怎么对你'夫人答应过我，总有一天会让我亲自来让他吃鞭子的。如果我不狠狠打他一顿，那就太可惜了。"

汤姆走了，可是走得很慢，还憋了一肚子气，原来他想要会一会这位大主考官。这时候，大主考官正沿着可怜的萝卜田大踏步走来。他连一个指头都不屑碰一下那些孩子，因为他有很多很多钱，而且住在一座十分豪华的房子里，而那些可怜的小萝卜根本算不了什么。

可是当他走近时，汤姆才看清他的身材是那样魁梧、结实，而且他十分凶狠，对着汤姆大声叫喊，命令他来考试，吓得汤姆和小狗赶紧逃命。

他也真是该逃走了，因为那些可怜的萝卜心里又急又怕，都赶忙把东西往肚子里塞好来对付主考官。这一下，在他周围就有几十个萝卜全乒乒乓乓地爆裂开来。那片声音听起来就像军队进行军事演习一样，汤姆真以为自己连同小狗全都被炸到天上去了。

当他到达海边时，他经过那个可怜萝卜的新坟。可是"你怎么对别人她就怎么对你"夫人已经把原来赞颂它的天才和智慧的碑文移开，换上她自己写的碑铭。在汤姆看来，这样写很有道理。新的碑文是：

"我苦苦地忍受,学习了很久,
但再塞些东西也没有用;
就算老天有眼让我脱难,
我的脑子还是会水肿。"

汤姆纵身跳进海里,一边游一边唱道:

"再见了,大头萝卜们,再见,
我算是运气只会做三件事,
会读,会写,再加上会算,
这将使我逃过任何的苦难。"

接着汤姆到了一个叫"无稽国"的地方,这里的人全是信奉邪教的,崇拜一只哀叫的猿。

他碰到一个小男孩坐在马路中间,哭得很伤心。

"你为什么要哭?"汤姆问他。

"我要让自己害怕,但我还不够害怕。"

"不够害怕?你真是个奇怪的小家伙。不过,你如果想害怕的话,那么你瞧——哇!"

"唉,"小男孩说,"你真是个好心人,不过我觉得这一点也不可怕。"

汤姆提议掀他个头朝地,揍他,踩他,用砖头敲他的脑袋，随便做什么，只要能让他有一点点害怕的都可以。可这孩子只是很有礼貌地谢谢汤姆，还是哭个不停。他说话都是用些很文雅又很长的字眼，原来这些话都是从大人那里听来的，他认为自己也应当这样说话。

最后他的爸爸妈妈跑来了，立刻派人去请医生。夫妇俩虽然信奉邪教，倒也心地善良，他们愉快地和汤姆聊着他旅途中的所见所闻。后来医生来了，原来是一个巫医，胳膊下还夹了一只作法用的箱子。

巫医很胖，看上去令人讨厌。汤姆刚开始看到他有点害怕，以为他是格林师傅。但很快他就发现自己错了，因为格林先生看人总是看着人的脸，这个家伙却从不正眼看人。另外，他只要一张口，就会有火和烟从嘴里喷出来；一打喷嚏，就乒乒乓乓地发出一连串的爆竹的声响；一旦有人碰了他，他就发出一声叫喊，喷射出滚烫的沥青，有些沥青还会粘在你身上。

"我们又见面了！"他叫道，就像童话剧里的小丑，"难道你不觉得害怕吗，我的小宝贝，嗯？让我来。我会让你害怕的！呀！哇！哗啦啦！呼噜噜！"

他把自己的法术箱敲得震天响，一边拿在手里挥舞，嘴里一边大喊大叫，胡言乱语，叫声如雷，疯狂地跺脚、跳动，完全是一副江湖术士的勾当。接着他按了一下法术箱的弹簧，立刻从箱子里跳出许多大头鬼、魔法电影、纸糊的妖怪、脚底装着弹簧的玩偶,还有各种各样的怪物。一时间发出一阵可怕的声音,叮叮当当、吱嘎吱嘎、轰轰隆隆,把那个小男孩吓得两眼一翻,顿时晕了过去。

啊!你是不是希望有人去教训教训那些野蛮人,让他们别再吓唬自己的孩子,害得他们昏倒?

可这一来,那信邪教的父母心花怒放,就像发现了一座金矿一样。他们跪在巫医面前,请他坐上一顶轿子。那轿杠是银的,轿帘是金丝线织的,夫妇二人亲自来抬他。可是刚一抬起,轿杠就紧紧地粘在他们的肩头,再也放不下来了。他们只得一直抬着他走,走个不停。那副模样看上去实在可怜。这个父亲还是个勇敢的军官,身上还佩着两把刀,头上戴着蓝顶子,那个母亲也是个美丽的女人。可是你看,他们做了太多的蠢事,所以"你怎么对别人她就怎么对你"夫人就要罚他们抬轿子,不管他们愿不愿意,一直抬到世界上再也没有蠢人了为止。

"现在,"那个巫医对汤姆说,"小乖乖,你想不想也来受一点惊吓?我很清楚你是个恶劣无耻、自甘堕落的家伙。"

"你才是这样的呢。"汤姆回嘴说,根本不怕他。

那人向汤姆冲过来,嘴里喊,"哇哇哇",汤姆也向他冲过去,对着他的脸大喊,"哇哇哇",同时他叫小狗也扑上去,咬他的大腿。

这一下,你信不信,那家伙怪叫一声,带着法术箱转身就逃，跑得气喘吁吁的就像一头逃命的老母猪。他一边逃命，一边尖叫，"救命啊！有贼啊！杀人啦！放火啦！他要杀死我啦！我要完蛋啦！他要谋财害命呀，他要打掉、烧掉、毁掉我的法术箱呀！那样的话，在你们的国度里就再也求不到雨啦！救命啊！救命啊！救命啊！"

让他这么一叫，那些爸爸妈妈，甚至无稽国所有的人全都跑来追赶汤姆。他们边追边喊："哎哟，这个坏心眼的、狠心的、厚脸皮的孩子！我们要打他，踢他，用箭射他，拿绳子勒死他，让水淹死他，用火烧死他！"还有一大堆诸如此类的话。幸运的是就算他们要射他、勒他、烧他都做不到，因为刚才仙女已经把所有可以伤害人的武器都拿走了。因此他们只能用石子扔汤姆，有些石子打中了汤姆，从汤姆的后背进去，又从前胸穿出来。可是因为汤姆是个水孩子，所以一点儿也不觉得疼，那些石子砸出的洞立刻就长好了。不过当他平安逃出无稽国时，他还是大大地松了一口气，因为那里的声音都要把他的耳朵吵聋了。

接着他游到一处非常安静的地方，那地方叫"与世隔绝"。在这里，太阳把水汽从海里提取出来，纺成纱，再由风把这些丝织成美丽的云锦，给新娘子当婚礼上用的面纱，或者挂在他们的大公司里卖给那些买得起的人。对此那个善良的大海老人从不抱怨，因为他知道这些水汽最后都会如数还给他，绝不会少一点儿。太阳纺纱，风儿织锦，这座大纺织机就这样顺利地运转着。

汤姆一路上见识了许多奇闻轶事,而且一次比一次奇妙。最后,他总算望见了前方有一座大房子。这所房子要比一所医院还要大很多。汤姆向这座大房子走去,心想这不知是什么地方,他又有一种奇怪的感觉,可能在里面能找到格林先生。这时有三四个人向他奔来,叫他站住。汤姆等他们走近时一看,原来那是三根警察用的警棍,既没有胳膊也没有腿,就这样跑了过来。

汤姆并不觉得吃惊,他早就对这些见怪不怪了。他大概有上百次看见海草没有胳膊,没有腿,也没有别的可以当手脚的东西,就这样在水里游着,谁也不知道它们是怎么会动的。他也不觉得害怕,因为他认为自己没有做过坏事。

他站住了。跑在最前面的一根警棍走上来问他是来干什么的,他就拿出了慈爱妈妈的护照给他看。那警棍看护照的模样异常古怪,因为他只有一只眼睛,就长在身体上端的正中央。他的身子又很僵硬,所以看东西时,只好身体倾斜,向前耸着,奇怪的是他这样做时并没有摔倒。这可能是因为警察都是很公正的,所以警察用的警棍也一定很公正,无论他们是怎样的站姿,总还是能保持平稳。

"好吧——去吧。"警棍开口说道,接着又加了一句,"还是让我跟你一起去吧,小伙子。"汤姆当然不反对,和一个警察一起走总是又体面又安全的。那个警棍刚才奔跑时皮带松了,现在它把皮带在柄上重新绕好,免得自己被绊一跤。这样它就和汤姆肩并肩一起走了。

"你怎么不待在警察的手里呢?"汤姆问他。

"因为我们跟陆地上那些愚笨的警棍不一样。那些棍子一定要有一个人拿着,不然就走不了。而我们是自己的路自己走,自己的工作自己做,而且做得很好。不过我还要说,不是人人都应该这样吗?"

"那为什么你的柄上要绕一根皮带呢?"汤姆问。

"那是我们在下班时把自己挂起来用的。"

汤姆对警棍的回答很满意,就不再说什么了。接着他们来到了一所监狱的大铁门前,警棍用自己的头撞了两下门。

门上的一个小洞打开了,一支巨大的黄铜制老式短枪从洞里伸出头来张望,枪膛里装满了子弹,一直装到枪口。这位就是狱卒。汤姆猛然看见他,不由得身体往后一缩。

"你犯的什么罪?"它用低沉的声音问,那声音是从它那像钟一样大的嘴里发出的。

"对不起,先生,他不是罪犯,这位年轻的先生是老太太叫他来的,他要看看那个扫烟囱的格林。"

"格林吗?"老式短枪说。它把枪嘴缩了进去,也许它是在看囚犯的名单。

"格林在三百四十五号烟囱上面,"它在门内回答,"这个年轻人最好从屋顶上过去。"

汤姆望望那面高耸入云的墙,它看上去至少有九十英里高。汤姆不知该怎样上去。当他把自己的担忧告诉警棍时,警棍立刻就替汤姆解除了忧虑。原来他在汤姆身体四周飞快地转了一圈,又从汤姆背后猛地推了一下,顷刻间汤姆就飞上了屋顶,胳膊下还夹着那只小狗。

汤姆沿着屋顶上的铅板向前走去,在那里又碰到了一根警棍。他就向它说明了自己的来意。

"很好,"警棍说,"跟我来吧。不过你是白费心思。格林在我看守的犯人里面是最不知悔改的家伙。他心地狠毒,说话肮脏,脑子里只想着喝酒和抽烟。当然,这些在监牢里都是不允许做的。"

两人一路沿着铅板屋顶走着。铅板上掉满了煤灰,汤姆想那些烟囱一定好长时间不扫了。可令他奇怪的是,那些煤灰一点也没有粘在脚上,也没有弄脏他们。还有烧红的煤块散得一地都是,可也没有烫伤他。这是因为汤姆是个水孩子,身体本来就又湿又冷。

最后他们总算走到了三百四十五号烟囱前,可怜的格林先生正是被插在那里。他的头和肩膀刚刚从烟囱里面伸出来,满头满脸都是煤烟,那副丑相使汤姆都不忍心看了。他嘴里还叼着一根烟斗,烟斗没有点着,可格林先生还是狠命地抽着。

"放规矩些,格林先生,"警棍说,"有一位先生来看你了。"

可是格林还是骂些脏话，嘴里叽咕个不停，"我的烟斗抽不了。我的烟斗抽不了。"

"不要满口脏话，放规矩些！"警棍说。说时就像木偶剧中的小丑一样，向上一纵身子，用自己的身体在格林先生头上啪地敲了一下，砸得格林先生的脑袋直摇晃，就像干了的桃仁在胡桃里面摇晃一样。他打算把手抽出来，揉揉被打痛的地方，可是手被紧紧地卡在烟囱里面，抽不出来。

现在他不得不规矩一些了。

"哎！"他说，"这不是汤姆吗！你是来嘲笑我的吧，你这可恶的小鬼。"

汤姆再三跟他说，自己并不是来看他笑话的，而是来帮助他的。

"我什么都不需要，只要啤酒，而我偏偏得不到啤酒。我想找点火把这个可恶的烟斗点着，偏偏也找不到。"

"我给你点个火。"汤姆说。他从地上拿起一块煤给格林先生点上烟斗，可是烟斗立刻又熄灭了。

"没有用的，"警棍说。他身体斜靠着烟囱，一直冷眼旁观着。"我告诉你，没有用的。他的那颗心是冰冷的，随便什么东西一靠近他就会被冻住。接下来你就会明白的，你会看得很清楚。"

"自然咯，这是我的错。一切都是我的错。"格林说，

"现在你可别再敲我了。"

这时警棍身子笔挺,样子很凶。

格林接着说:"你知道,如果我的两只手是自由的,你碰都不敢碰我。"

警棍还是斜靠着烟囱,格林这样侮辱他,他一点儿也不介意。他真像个训练有素的警察啊。他不顾私人的恩怨,可是只要有人胆敢破坏法律和社会秩序,他就要他好看。

"可是我没有别的办法帮助你啊。我能不能帮你爬出烟囱呢?"汤姆问。

"不可以,"警棍阻止他,"他自己弄到这种地步,只有他自己能帮得了自己。他想对付我,我希望他先要明白这一点。"

"是呀,"格林说,"当然都是我的错。是我心甘情愿被关到牢房里来的吗?是我想把燃烧的稻草放在身子下面,被赶上烟囱的吗?是我要求扫这塞满煤烟的烟囱的吗?是我想把身子陷得里面一动都不能动的吗?是我想一直待在这里,待得我自己都忘了多久的吗?是我自愿不抽一口烟斗,不喝一滴啤酒,过着连畜生都不如的日子吗?"

"当然不是你自愿的,"汤姆身后一个庄严的声音回答道,"当初你这样对待汤姆的时候,也不是汤姆自愿的。"

原来是"你怎么对别人她就怎么对你"夫人在说话。警棍看见夫人,身体挺得更直了,它马上立正,又向夫人深深鞠了一躬。要不是他内心公正的话，他准会一头栽倒在地上，说不定还会碰伤他那只独眼。汤姆也向夫人鞠了一躬。

"啊，夫人，"汤姆说，"别说我的事情了。那都是过去的事了。好日子，坏日子，所有的日子都是会过去的。我现在能不能帮助一下格林先生呢？能不能让我搬开几块砖头，让他稍微活动一下手臂呢？"

"你当然可以试一试。"仙女说。

汤姆就拽住那些砖头，想搬起来，可是一点儿也搬不动。后来他又想给格林先生擦掉脸上的煤灰，可是煤灰就是擦不掉。

"天哪！"他说，"我吃了那么苦，经历了那么多危险，这么大老远地跑来，就是为了要帮助你，可现在我还是一点儿办法都没有。"

"你最好不要管我了，"格林说，"你是个忠厚善良、宽宏大量的小家伙，这是真的。可是你最好还是快走吧。很快冰雹就要来了，要把你的眼珠都打掉呢。"

"什么冰雹？"

"就是这儿每天晚上都要下的冰雹呀。它没有落到我身上时，还是暖和的雨；可是一到我头上，它就变成了冰雹，像子弹一样打在我身上。"

"冰雹不会再下了，"仙女说，"我告诉过你那是什么。那是你母亲的眼泪，是她跪在床前给你祈祷时流的泪水，可你冰冷的心把这泪水冻成了冰雹。但现在她已经长眠不醒,再也不会为她狠心的儿子哭泣了。"

格林听了仙女的话沉默了好久,流露出凄惨的神情。

"原来我亲爱的妈妈去世了,而我都没能在她临终前再看她一眼,跟她说一句话!啊!她真是个好女人,如果不是因为我不学好,她也许到现在还在凡谷的小学里快快乐乐地生活着呢。"

"凡谷小学是她开办的吗?"汤姆问,接着他就告诉格林所有事情的经过:自己怎样到了她家,她看见一个扫烟囱的小孩先是很不高兴,后来她又待他怎样好,后来自己又怎么变成了水孩子。

"唉!"格林说,"她看见扫烟囱的孩子不高兴,是有充足的理由的。我从家里逃出来,当了扫烟囱的学徒。我从来不告诉她我住在哪里,也从不寄一个钱给她。现在已经来不及了,来不及了!"格林先生说。

格林先生大哭起来,呜呜咽咽地像个大孩子一样,哭得烟斗都从嘴里掉了出来,摔得粉碎。

"天哪,假如我能够重新回到凡谷,做那里的小孩,看看那里清澈的溪水、苹果园和水杉围成的篱笆,我的生活将会多么不同啊!可是现在已经来不及了。你还是走吧,你这个心地善良的孩子,不要站在这里看一个大人痛哭。我的年纪足可以做你的父亲,我却从来没有为自己感到羞愧过。可我现在完了，我这是罪有应得。我自己铺的床，就应该我自己去睡。就像一个爱尔兰女人从前说过的，我自甘堕落，当然就会堕落到底。这话当时我听了并没有当回事。这全是我的错，可现在已经来不及了。"

他边说边哭，哭得那样伤心，弄得汤姆也跟着哭了起来。

"没有什么事情是来不及的。"仙女说。她的声音非常柔和，又非常陌生，汤姆忍不住抬头望着她。有那么一会儿，她看上去是那样美丽，汤姆差点把她当成她的妹妹。

果然不是来不及。当可怜的格林先生呜呜咽咽哭泣的时候，他自己的眼泪竟做了他母亲和汤姆以及世界上任何人都做不到的事。他脸上和衣服上的煤灰竟然被他的眼泪全冲掉了，然后砖头缝中间的泥灰也被冲掉了。那座大烟囱就此坍塌下来，格林也就从烟囱里脱身了。

警棍赶忙跳起来，准备给他当头一棍，就像把瓶塞敲进瓶子里去那样，再把他塞回烟囱。可是仙女推开了它。

"如果我给你一个机会，你肯听我的吗？"

"任凭您吩咐，夫人。您比我强，这个我完全知道，也比我聪明，这我也完全知道。我从前就是不听人劝，一意孤行，所以才落到现在这种下场。现在夫人您想让我做什么就吩咐我好了。我已经完了，就是这样。"

"那好，你可以出来了。可是记住，如果你再违抗我，你就会到一个更糟糕的地方去。"

"对不起,夫人,我想不起来以前曾经违抗过您。我还是来到这个让人受罪的地方之后,才有幸见到您的。"

"你以前没有见过我吗?那么那句如果自甘堕落就会堕落到底的话,是谁告诉你的?"

格林抬起头来,汤姆也抬起头来。原来这声音就是那天他们师徒二人去哈特荷佛庄园时,遇到的那个爱尔兰女人的声音。

"我当时就警告过你,但是你前后总有千百次不听我劝。你讲的每一句脏话,你做的每一件卑鄙的事,你每一次喝醉了酒,你每天干的肮脏的勾当,都是对我的违抗,不管你知不知道。"

"夫人,我当时如果知道的话——"

"你完全知道你是在违抗某种要求,不过你不知道你是在违抗我罢了。现在你出来,试试这一次我给你的机会,也许是你最后的一次机会。"

格林听了就从烟囱里走出来。说实话,如果不是他脸上那些疤痕,他那模样看起来倒也像一个扫烟囱师傅那样干净体面呢。

"把他带走,"仙女跟警棍说,"给他一张释放证明。"

"让他去做什么呢,夫人?"警棍问。

"派他去打扫阿特那火山口。在那里他会碰到一些经常在那里干活的人，他们会教他打扫。可是记住，如果有一天火山口又堵塞起来，引起地震的话，你就把他们全带来，我会严厉地处理这件事的。"

格林先生被警棍押走了，那样子就像一只淹死的虫子一样温顺。

据我所知，格林先生直到今天还在打扫阿特那火山呢。

"现在，"仙女对汤姆说，"你在这儿的使命已经完成了。你也该回去了。"

"回去我当然愿意，"汤姆说，"但是现在海底那个大洞已经停止喷汽了，我怎么能再从洞里上去呢？"

"我会带你从后面的楼梯上去，不过先要把你的眼睛蒙起来。因为我从不许任何人看见这后楼梯的。"

"即使你不把我的眼睛蒙上，我也不会向任何人说起这楼梯的，夫人。"

"啊，你现在也许会这样想，小伙子。可你一旦回到了陆地上的世界，很快就会忘记自己的诺言的。只要人们知道了你上过我的后楼梯，所有的人都会来求你。你会有无数的财富，还会有至上的权力。人们用这些来向你交换我后楼梯的秘密。

"几千年来。人们一直在苦苦寻找后楼梯的秘密。他们遇到了许多声称知道这个秘密的骗子。即使这样，人们还是没有放弃寻找后楼梯。因为人们希望能随心所欲，而不承担任何后果。他们都希望能逃脱我的控制。如果他们这样请求你,你是否会有一点想透露你知道的这个秘密呢,我的孩子?"

汤姆没有否认。

"可是,他们为什么那么想知道后楼梯的秘密呢?"他不解地问。刚才仙女说的那些话让他有点害怕,而且还十分糊涂。他并不想透露这个秘密,如果是你,你也不会的。

"这我不能告诉你。我从不往孩子们的脑袋里装现成的东西,他们得自己想明白。好了,来吧,现在我该蒙上你的眼睛了。"

她刚用一只手把手帕扎在汤姆的眼睛上,另一只手就把它解了下来。

"现在,"她说,"你已经安安稳稳上了楼梯了。"汤姆惊得睁大眼睛,同时张大嘴巴。因为他觉得自己一步也没有动过啊。可是当他向四周望了望时,千真万确他已经稳稳地站在后楼梯上了。至于后楼梯到底是怎么回事,谁也无法告诉你,因为根本就没有人知道啊。

汤姆第一眼看见的是一排黑黝黝的雪松。在玫瑰色的晨曦中,它们看上去既高大又清晰。在一片宁静宽广似镜面一样银光闪闪的大海上,圣布伦丹仙人岛的影子倒映在海面上。雪松的枝叶间穿梭着风的低吟,洞穴中海水在放声歌唱。成群的海鸟鸣叫着飞过海洋,陆栖的鸟儿一边歌唱一边在树枝间做窝。空气里充满了歌声，连沉睡在阴影中的圣布伦丹圣徒和他的那些隐士们也被惊动了。他们在梦中开启自己古老而善良的嘴唇，唱起他们的晨歌。可是在所有的歌声中，传来一个最柔美最清纯的歌声，那是一个女孩子的歌声。

那么，她唱的是什么歌呢？唉，我的孩子，我的年纪太大了，唱不好这支歌。你的年纪又太小了，听不懂这支歌。可是只要耐心点，只要你永远保持心地纯洁，双手清白，有一天你自己也会唱的，并不需要别人来教你。

当汤姆游近岛上时，他看见一个女孩子在岸边的岩石上坐着。他从来没有见过那样美丽、那样可爱的女孩子。她眼睛下垂，一只手托着腮，两只脚在水里划水。当汤姆和他的小狗游近时，她抬起头来。汤姆一看，原来是爱丽。

"啊，爱丽小姐，"他说，"你长得多么高啊！"

"啊，汤姆，"她说，"你也长得多么高啊！"

果然如此，他们两个都已经长成大人了。他已经是一个高大的男人，她也长成了一个美丽的女郎了。

"也许我已经长大了，"她说，"我的日子也过得太久了。我坐在这里等了你好几百年了，我简直以为你永远不会回来了。"

"好几百年？"汤姆十分诧异。可是他在旅途中见识的事情太多了，所以很快就一点儿不觉得奇怪了。而且他现在脑子里什么也不想了,他只想到爱丽。他们就这样站在那里,你望着我,我望着你,两人都觉得实在是太美妙了。他们站了整整七年,只是互相对望着,谁也不说话,也不动一下。

终于他们听见仙女说话了:"听着,孩子们。你们难道不再看看我吗?"

"我们一直都在看着你呀。"他们说。原来他们自己觉得是在看着仙女呢。

"那就再看看我吧。"仙女说。

他们朝着仙女看去,两个人同声喊出来:"啊,你到底是谁啊?"

"你是亲爱的'她怎么对你你就怎么对别人'夫人。"

"不,你是善良的'你怎么对别人她就怎么对你'夫人,可是你现在已经长得非常美丽了!"

"在你们眼睛里是这样,"仙女说,"可是你们再看看我。"

"你是慈爱妈妈。"汤姆说,声音很低沉、很严肃。原来他已经领悟到一些东西,这使他非常幸福,同时又感到害怕,比他过去见到过的一切都更使他害怕。

"可是你又变年轻了。"汤姆说。

"在你看来是这样,"仙女说,"你再看看呢。"

"你就是那天我去哈特荷佛庄园时碰见的那个爱尔兰女人啊!"

他们望着她时,觉得她一个都不像,可同时又觉得好像个个都像。

"我的名字就在我眼睛里面,只要你们的眼睛看得见。"

他们仔细望着仙女那双又大又深邃又温柔的眼睛,那双眼睛发出钻石般的光彩,不断变换着各种颜色。

"现在你们可以读出我的名字啦。"仙女说。

她的眼睛眨了一眨。有那么一瞬间,她的眼里发出一道清澈耀眼的白光来。可是两个孩子还是看不出她的名字,他们把眼睛都看花了,只好用两只手捂住眼睛。

"还早呢,孩子们,还早呢。"她微笑着说,接着转身向爱丽说:

"爱丽,现在每个星期天你可以带他回家去了。他打了一场大仗,立了很大的功劳,现在算得上是一个真正的男子汉了,也配跟你一起回去了。这都是因为他做了自己不喜欢做的事情啊。"

于是汤姆每逢星期天就跟爱丽回家,有时候不是星期天也去。他现在已经是个大科学家了,能够设计铁路、蒸汽机、电报、步枪等。他懂得一切事物的原理,只是有几件事还弄不明白,例如鸡蛋为什么孵不出鳄鱼来之类的。因为这些事是谁也搞不懂的,而他懂得的一切全是他在海底做水孩子时学来的。

"汤姆和爱丽肯定结婚了,对吗?"

亲爱的孩子,这种想法多么无聊啊!你难道不知道,在童话里,王子和公主以下的人从来不结婚吗?

"那么汤姆的小狗呢?"

哦,你在七月里任何一个晴朗的夜晚在天上望见它。原来天上的天狗星在过去三个夏天已经热得烧坏了,所以他们只好把原来的天狗星摘下来,把汤姆的小狗放了上去。它是新官上任,总要有一番作为,所以今年我们总可以盼望有个温和的夏天了。

我的故事到这里就讲完了。

道德教训

那么,孩子,我们从这个寓言里应当吸取什么教训呢?

我们应当吸取三四十个教训。究竟有多少我也说不清,可是至少有一个教训是我们应当学到的,那就是:当我们看见池塘里面的水蜥时,千万不能拿石子儿扔它,或者用钩子去钩它,也不能把它们和刺鱼放在一个鱼缸里养。那样的话,刺鱼就会戳穿它们可怜的肚皮,弄得它们跳出鱼缸,到了什么人的工具箱里,那可就惨了。

要知道这些水蜥不是别的,只是些愚笨而肮脏的水孩子啊,由于这些水孩子不肯好好上学,不愿意保持清洁,才会被弄成这样的。就因为这样,它们的额头变平了,嘴巴凸了出来,脑子变小了,尾巴出现了,肋骨全消失了。我想你肯定不会愿意没有肋骨的。它们的皮肤变得很肮脏,还布满斑点。他们从来不游进清澈的水里去,更不会到大海里去,而是永远待在污水池塘里,在污泥上睡觉,吃池子里的小虫。他们也只配这样。

可是这并不能成为你虐待它们的理由。相反,你更应当怜悯它们,好好对待它们,希望它们有一天能醒悟过来,对自己肮脏、污秽、懒惰、愚蠢的生活感到羞耻,从此改过自新,重新变成好一点的东西。

只要它们愿意悔过,只要它们愿意苦干,认真地洗澡,也许经过三十七万九千七百二十三年九个月十三天两小时二十一分钟之后,它们的脑子就会变大些,它们的嘴巴就会变小些,它们的肋骨又会长出来,它们的尾巴就会萎缩,最后消失。那时它们又会变成水孩子,而且后来还会变成陆地上的孩子,然后还会长大成人。

你认为它们不会吗?好吧,我敢说你很清楚这些。不过,你知道,有些人非常喜欢这些可怜的水蜥呢。水蜥从不伤害任何人。即使它们想伤害,也伤害不了。

它们唯一的缺点在于它们没有用处,就像无数比它们高级的动物一样。可是那些鸭子呢,那些梭鱼呢,那些刺鱼呢,那些水甲虫呢,那些淘气的小男孩?他们不是像苏格兰人说的"被人治得很惨"吗?这不太公平,所以有些人希望他们总有一天,在一个什么地方,能得到一个改过自新的机会,以便消灭这种不公平的现象。

至于目前，你还是好好学习功课吧。你应该衷心感谢有那么多冷水给你洗澡，而且洗个痛快。那样的话，即使我的故事不是真的，这些好事情总是真实的。就算我的话讲得不对，只要你坚持努力学习，坚持洗澡，你这样做总是对的吧。

但你一定要记住，千万别忘了，就像我一开始告诉你的，这只是一个童话，只是编出来玩的有趣的故事。所以，你一个字也不要相信，就算它是真的也不要相信。

名师导读

一、名著概览

查理·金斯莱是 19 世纪英国作家、诗人。金斯莱出生于一个牧师家庭,他的童年大部分时间在英国西部海岸的渔村度过。长大后他来到剑桥大学学习,在那里,他经常划船、钓鱼、打猎。1843 年以优等成绩毕业于剑桥大学。毕业后当了牧师,并开始写作小说和诗歌。他在剑桥、牛津大学担任过历史学教授,后来还曾经做过维多利亚女王的牧师。在金斯莱给威尔士王子当家庭教师时写下了这本著名的《水孩子》。

《水孩子》是他唯一一部童话,后来被译成各种文字,介绍到许多国家,成为世界儿童文学经典名作。1906 年,牛津大学把《水孩子》选定为英国儿童的教科书。书中关于自然界的描写都极为真实生动，抨击了当时不合理的教育制度。

汤姆是个穷苦、善良的扫烟囱小孩，经常受到师傅格林的虐待。有一次，汤姆师徒两人到约翰公爵的庄园扫烟囱。在那里，汤姆误入公爵的女儿爱丽的房间，又被保姆误以为是贼而被众人追赶。汤姆在逃跑的过程中惊险迭出，后来掉入水中，被仙女所救，成了一个水孩子。刚开始，水孩子汤姆常常捉弄水里的其他生物，还偷吃海糖果。后来，在海中仙女和爱丽的帮助下，汤姆学会了控制自己，从一个没有接受过任何教育的粗野、淘气的野孩子成长为了一个真正的男子汉。

书中寄托了作者对自己的孩子和所有孩子的希望：爱清洁，行善事，勇敢正直，不畏艰险，要努力成为博闻广识、心胸开阔的人。

《水孩子》一书，始终充满着春天早晨那种轻快的情调，笔调优美简洁，用孩子喜欢的口吻，叫人读来觉得亲切温暖。

二、知识梳理

1. 英国北方一个大城市里，住着一个扫烟囱的小男孩，名叫<u>汤姆</u>。他失去双亲，师傅<u>格林</u>经常打骂他，关于扫烟囱、饿肚子和挨打这些事,汤姆把它们看成是世界上本应该有的事情。

2. 他和师傅到哈特荷佛庄园里去扫烟囱。那里地方很大。他还记得在一次当地的骚乱中,惠灵顿公爵的十万兵将和许多大炮全都安置在那里,还绰绰有余。那庄园里养着很多鹿。

3. 在公爵女儿爱丽的房间里,汤姆有生以来第一次发现自己是个脏孩子,立刻哭了起来。他又羞又怒,转过身去,打算悄悄地爬进烟囱里躲起来,可他把炉子周围的护栏撞倒了,把火钳也碰倒了,发出一阵叮叮当当的响声,就像一万只疯狗的尾巴上拖着一万只空罐头跑来跑去一样。

4. 约翰公爵以为汤姆已经淹死了,忍不住哭了,他这一哭,小马夫也哭了,管猎狗的人也哭了,很多人都哭了,可是那个管园子的人却没有哭出来。格林师傅也没有哭,因为约翰公爵给了他十英镑,他一个星期就把钱全拿来喝酒喝掉了。

5. 海洋里有成千上万的水孩子,全都穿着干净洁白的小游泳衣。水孩子最不能忍受的是臭味。他们的家在圣布伦丹的仙女岛上。

三、我问你答

1. 汤姆喜欢捉弄小动物,你觉得你身上他那样的毛病吗?再看到小动物你会怎么做?

2. 水孩子们看见谁来了会一起拍着手跳起舞来呢?水孩子们为什么会那么喜欢她?

3. 逍遥国源自哪里?逍遥国的历史给你什么启示?

4. 埃庇米修斯得到了三样世界上最好的东西：好妻子、经验教训和希望。他的妻子是谁？打开她带来的盒子，里面会出来什么呢？